스타벅스 때문에
쿠바에 갔지 뭐야

스타벅스 때문에
쿠바에 갔지 뭐야
_좌충우돌 아바나 한달살이

초판 1쇄 발행일 2021년 10월 06일

지은이 박성현
펴낸이 이원중

펴낸곳 지성사   **출판등록일** 1993년 12월 9일   **등록번호** 제10-916호
주소 (03458) 서울시 은평구 진흥로 68 2층
전화 (02) 335-5494   **팩스** (02) 335-5496
홈페이지 www.jisungsa.co.kr   **이메일** jisungsa@hanmail.net

ISBN 978-89-7889-474-6 (03810)

잘못된 책은 바꾸어드립니다. 책값은 뒤표지에 있습니다.

또 다른 일상 이야기

스타벅스 대신 쿠바에 갔지 뭐야

박성현 지음

지성사

차례

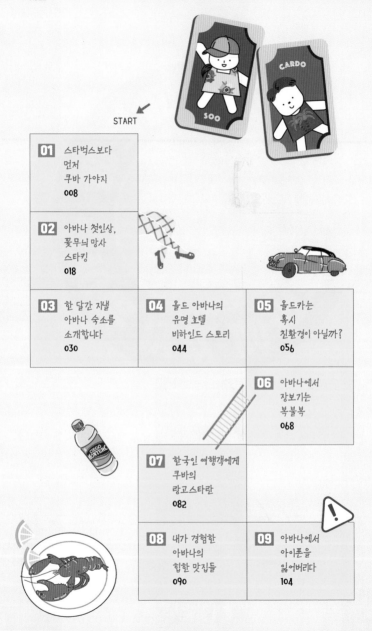

START

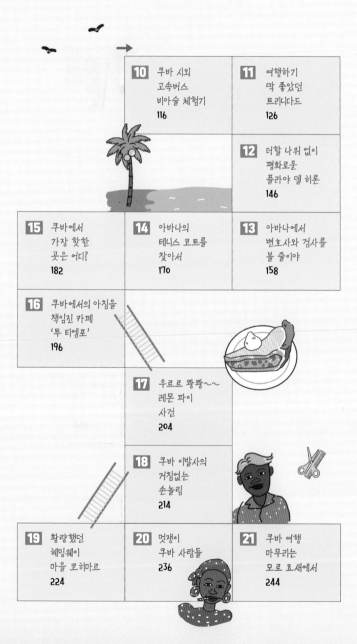

이국의 향기

어느 포근한 가을 저녁, 두 눈을 감고
너의 따스한 가슴 향기 들이마시면
내 눈앞에 평화로운 해변이 펼쳐지네,
언제나 태양이 눈부시게 비추는 그곳이.

느긋한 섬 그곳엔 자연이 주는
야릇한 나무들과 맛있는 과일들,
수려하고 건장한 사내들과
또렷한 눈이 매력적인 여인들이 있고

네 향기 따라 이곳에 매혹된
내겐 보이네, 바다 물결에 지쳐버린
돛과 돛대로 가득 찬 항구가.

공기 속에 맴돌며 내 코를 부풀리는
초록빛 타마린드 향기는
뱃사공 노래와 내 맘속에 뒤섞이네.

샤를 보들레르
(Charles Pierre Baudelaire, 1821~1867)

01

스타벅스보다 먼저
쿠바 가야지

　여행지를 고르는 데는 저마다 이유가 있다. 맛있는 음식이 될 수도 있고, 인스타그램에서 본 멋진 사진이 될 수도 있다. 나와 여자 친구 '쑤'가 쿠바를 이번 여행지로 결정한 이유는 바로 스타벅스 때문이었다.

　쿠바 한 달 여행은 우리가 사귄 지 얼마 되지 않아 공동의 목표가 되었다. 사귄 지 1년이 좀 넘었을 때였다. 꼭 가보고 싶은 여행지에 관해 이야기를 나누다 둘 다 꼭 가고 싶은 여행지 1순위가 바로 '쿠바'인 점을 알게 되었다.

　우리 커플은 공동의 목표로 "언젠가(아마도 막연히) 꼭 쿠바에 가자! 그리고 오래 지내보자!"고 결심했으나, 그 시기가 바로 2019년 4월의 봄이 될 줄은 몰랐다.

아바나의 로컬 카페

모든 일에는 순서가 있고, 순리가 있다고 생각한다. 2018년 쑤는 자신을 갈아대던 대기업에 휴직계를 내고 쉬고 있었고, 난 스타트업 회사를 1년째 다니고 있었다.

휴직하고 2018년 내내 쉬던 쑤는 휴직 기간이 끝날 때쯤 회사로 돌아가지 않고 퇴사를 결심했다. 이때부터 슬슬 나에게 '언제 쿠바 여행을 할지' 재촉하기 시작했다. 내가 지금 다니는 회사에 오래 다닐 생각이 없다는 것을 안 쑤는 그냥 지금 그만두라는 것이었다. 나도 퇴사를 고민할 때라 시간을 재고 있었는데, 이번에 같이 퇴사하고 우리가 생각했던 쿠바 여행을 가자고 했다.

하지만 나는 쉽사리 결정하지 못했다. 마음으로는 가야 한다고 십분 공감했으나 현실적인 문제가 머릿속에서 떠나지 않고 맴돌았다.

'지금 이대로 가면 내 커리어는? 모아놓은 돈을 써야 하는데 그럼 나중에 장가는 어떻게 가지? 이제 사회생활을 시작했는데 내가 몇 개월 여행 갈 사치와 여유가 있을까?'라는 생각들이

끊이지 않았다.

쑤는 '어차피 돈은 모인다. 지금 나랑 쿠바 여행 안 가면 장가올 생각하지 마라. 사회생활 그까짓 것 앞으로 할 세월이 얼마나 긴데 1년쯤은 아무것도 아니다, 여유와 사치는 돈이 있을 때만 누리냐? 지금 누려야지'라는 논리로 나에게 반박했다.

마음이 서서히 동하는 와중에 어느 순간, 쿠바 여행을 결정했다.

이 모든 게 다 스타벅스 때문이었다. 2018년 가을이었다. 여전히 쑤는 나에게 내년 초에 퇴사하고 쿠바로 오랫동안 떠나자고 말했고, 나는 갈팡질팡하고 있었다.

어느 날, 역시나 여행 이야기를 하다가 불쑥 이런 말이 툭 튀어나왔다.

"아바나에도 스타벅스가 생긴다는 소문이 있던데?"

누가 말했는지 모르겠다.

"뭐!? 쿠바에도?"

"응, 지난번 오바마 대통령이 쿠바를 방문해서 수교 맺은 다음 스벅이 진출할 예정이래."

"그럼 스타벅스 생기기 전에 무조건 가자."

우리가 생각했던 쿠바는 스타벅스가 없는 국가이니까, 지금

아니면 쿠바 고유의 모습을 볼 수 없으리란 조바심에 휩싸였다. 내가 돈 벌고 마음의 여유를 만들고 사치를 누릴 준비를 할때까지 스타벅스는 기다려 주지 않을 것 같았다. 언제든 쿠바에 침공할 준비를 하고 있을 것만 같았고, 나는 스타벅스가 있는 쿠바는 가고 싶지 않았다.

　가을의 어느 날, 그렇게 쿠바 여행을 결심했다.

쿠바는 카리브해에 위치한 중남미에 속하는 섬나라다. 지리학적으로는 아메리카 대륙의 딱 중간에 있어 교역에 유리하지만, 실상은 1959년 쿠바 혁명 이후 미국에 의해 외딴섬처럼 갇힌 국가다.

냉전 시대에는 소비에트 연방과 동유럽 등 같은 사회주의 국가와 교역을 했으나 소비에트 연방이 해체되고 스스로 살아갈 방법을 모색하면서 쿠바는 세상으로부터 버려졌다.

21세기 글로벌 시대에 홀로 고립된 작고 외로운 나라다.

쑤와 나는 쿠바에 아직은 여행의 낭만이 존재하리라 믿었다. 스타벅스도 없고, 거대 글로벌 호텔 체인도 없었다. 로컬 상점만 있으며, 숙소는 열악하지만 지낼 만하고, 정들 것이다. 최신 스포츠카보다는 형형색색 올드카가 즐비한 재미난 풍경일 것이다.

이것들을 마음속으로 그리며 우린 쿠바 여행을 결정했다. 몸은 조금 불편할 수도 있지만, 이 시대에 모험 같은 여행을 할 수 있는 마지막 기회라고 생각했다.

(글을 마무리하고 있는 지금 생각해보면 그때 갔다 오길 정말 다행이었다. 원래 올해 가기로 했는데 코로나 때문에 발이 묶였으니 지금의 이 글을 쓰지도 못할 테고 무엇보다 쑤의 분노를 이겨낼 자신이 없었다.)

2018년 10월부터 간략하게 여행 일정을 짰다. 쿠바와 가까운 멕시코에서 3주, 쿠바에서 한 달, 그리고 돌아오는 길인 캐나다에서 2주일을 지내기로 했다. 북중미를 크게 한 바퀴 도는 셈이다.

11월 중순에 생일을 앞두고 회사에 퇴사 의사를 밝혔다. 사유는 여행. 3개월의 여행을 계획한다고 했다. 여행을 마치고 돌아오라고 했으나 한국에 약속을 남겨두고 가긴 싫다고 정중히 거절했다.

12월 멕쿠다(멕시코+쿠바+캐나다) 여행의 모든 일정을 짰고, 예약도 마쳤다.

이듬해 2월, 마침내 퇴사했다. 남은 연차를 다 쓰고 나니 설 연휴가 끝나고도 회사에 갈 필요가 없었다.

2월 29일 밤 12시 인천공항에서 비행기를 타고 멕시코로 향했다.

우리의 쿠바 여행 이야기는 시작된다.

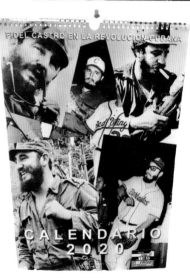

① 체 게바라 네온사인 조형물
② 쿠바 혁명의 영웅들
③ 피델 카스트로의 사진을 담은 달력

산호세 마켓의 예술품 창고

02

아바나 첫인상,
꽃무늬 망사 스타킹

　작고 시끄러운 비행기에서 내려 처음 마주한 아바나 공항은 무척 어두운 편이었다. 천장에 달린 형광등의 밝기는 안개 시트로 감싼 듯 살짝 어두웠다. 환하게 빛나는 게 아니라 가림막이 드리운 듯한 밝음이랄까. 조명 덮개를 청소하지 않은 건지, 원래 조명이 약한 건지는 알 수 없었다.

　한 달 동안 지내면서 알게 되었는데, 쿠바의 모든 시설의 조명은 약간씩 어두웠다. 휘황찬란한 자본주의의 광채에서 한 발짝 멀어진 느낌이다. 화려하고 웅장한 규모에 조명이 밝은 인천공항과 대비되는 아바나 공항이다. 약간 침침한 조명 아래 우리는 쿠바에 첫 발걸음을 내디뎠다.

　입국 수속은 간단하다. 멕시코시티에서 비행기에 탑승하기 전 구매했던 쿠바 입국 비자만 있으면 된다.

쿠바 어느 곳에서 만날 수 있는
그라피티 아트 graffiti art

① 직직하고 낡은 벽면을 장식한
  그라피티 예술
② 아바나 거리에서 마주한 귀여운
  올드카와 올드하우스

흰색 종교 의상을 입은 여성들

　이 비자는 체류 허가를 증명하는 유일한 서류이므로 분실하면 안 된다. 여권에 붙은 이 종이가 내 체류 허가를 증명하는 유일한 단서다.

　재미있는 것은 이 입국 비자의 구매 가격은 쿠바에 도착하는 방법에 따라 다르다. 배를 타고 왔을 때, 멕시코에서 비행기를 타고 왔을 때, 캐나다에서, 미국에서 비행기를 탔을 때 저마다 가격이 다른 것으로 알고 있다.

　쿠바의 출입국 시스템은 아날로그적이다. 모든 절차는 수동이며 관련자들이 일일이 담당하고 안내한다. 자동화는 없다.

출입국 심사는 간단하고 빠르게 끝났으나 캐리어는 한참을
기다려도 나오지 않았다. 30분 넘게 기다리고 있자니 캐리어
이동마저 손수 하는 것이 아닐까 의심이 들었다.

기다리면서 이리저리 둘러보았다. 도대체 컨베이어 벨트 뒤
는 어떻게 돌아가나 싶어서 찾아보는 순간, 정말 사람이 모두
하고 있었다. 비행기에서 나온 캐리어를 모두 사람들이 직접 날
라 컨베이어 벨트 위에 올린다. 캐리어도 한꺼번에 오는 게 아
니라 왔다가 다시 조금 기다리고 또 비행기에서 조금 옮겨온다.
그러니 한참 걸리지. 가방이 올 때만 컨베이어 벨트가 돌아간

다. 캐리어는 조금 나왔다가 전혀 나오지 않다가를 반복했다.

캐리어를 기다리는 동안 오가는 쿠바 사람들을 살펴본다. 멕시코나 타국에서 돌아오는 쿠바 여행객 또는 비즈니스맨들 그리고 쿠바 공항 직원들 모두 신기하다. 쿠바인은 대체로 햇볕에 잔뜩 그을린 구릿빛 피부였고, 특유의 무표정이다.

그러던 차에 쿠바 공항 직원 중 어느 여성의 다리가 내 눈에 들어왔다. 공항 직원 유니폼에 화려한 꽃무늬를 자랑하는 망사 스타킹이 내 눈길을 사로잡았다. 외설적인 생각이 들기보다는, 보수적일 것 같은 공무원이 화려한 꽃무늬 망사 스타킹을 신고 일을 한다는 것이 신기했다. 그 꽃무늬 망사 스타킹이 나에게 이렇게 말하는 것 같았다.

"어서 와, 여기가 바로 쿠바야!"

낭만적인 카리브해의 섬나라이자 지구상에 몇 안 되는 사회주의 체제의 쿠바는 어둡고 무료한 공항 속에서 빛나는 망사 꽃무늬 스타킹과 같았다.

비록 고리타분하고 허름해 보였지만 카리브해의 열정과 낭만이 곳곳에 도사리고 있었다. 일률적인 공항 직원 유니폼 아래 그물망의 장미가 새침하게 뽐내고 있었다.

공항에서 입국 수속을 모두 마친 뒤 한 시간 가까이 기다려 캐리어를 찾고 드디어 게이트로 나갔다. 우리가 머물 까사(casa)

의 주인인 '르네'가 기다리고 있었다. 이미 사진으로 확인하고, 이름을 알던 그와 반갑게 인사를 나누었다.

르네는 머리가 거의 벗겨져 중년에 접어들기 시작한 청년 같았다. 눈동자는 친절하고 밝게 빛났다. 우리에게 이야기할 때는 친절한 미소를 머금었고, 손동작은 요란했다.

내가 쿠바 현금이 필요해서 공항에서 일부 환전을 하는 동안 르네는 기다렸다. 그리고 직접 택시를 잡아줘 우리 두 사람은 함께 택시에 올라 한 달간 머물 숙소로 향했다.

우리는 미리 에어비앤비(Airbnb, 2008년 8월 시작한 세계 최대의 숙박 공유 서비스) 메시지로 쿠바에 도착하기 전 공항 픽업을 요청했지만, 이 서비스를 신청하지 않은 대다수 여행객은 아바나에 도착하자마자 불쾌함과 진 빠지는 경험을 하게 된다.

외국인 여행자에게 아바나는 호객 행위와의 협상 도시다. 게이트를 나서자마자 택시 잡기에 온 신경을 써야 한다. 짐을 찾은 후 돌아다니면 기사들이 말을 건다.

택시마다 부르는 값이 다르다. 25쿡에 올드 아바나와 베다도를 가는가 하면 50쿡도 부른다. 어느 블로그에서 한 여행객은 12쿡이라는 전설적인 가격으로 택시를 잡았다고 한다.

이런 상황이니 외국인 여행자는 쿠바인에게 뒤통수 맞지 않

저 벽돌은 왜 쌓았을까?

으려면 첫날 도착하자마자 정신을 바짝 차려야 한다.〔여기서 쿡
(CUC, 세우세 또는 쿠바 페소)은 쿠바의 외국인 전용 화폐로, 미화 1달러와 동
일한 가치를 지녔다. 하지만 쿠바는 2021년부터 이중 통화제도를 폐지하고 단
일 통화제도로 돌아왔다. 쿡이 아닌 쿱(CUP, 세우페 또는 국영 화폐를 뜻하는
모네다 나시오날MN)을 사용한다.〕

까사 주인 르네는 시원하게 흥정하며 택시를 잡아주었고 우
리는 25쿡을 지불했다. 놀랍게도 쿠바에서 처음 탄 그 택시는
아우디 A4였다. 오래된 올드카도 아니었고, 잘 나가는 최근 연
식으로 꽤 괜찮았다. 한국에서도 몇 번 타보지 못했는데 쿠바
에서 아우디 택시라니, 상상도 못 했다.

조용하고 빠르게 달리는 와중에 승차감이 편안한 택시 창밖
으로 어두운 밤거리를 구경하며 앞으로의 쿠바 생활을 기대해
본다.

공항은 그 나라의 얼굴이자 첫인상이기도 하다. 도착한 날에
는 몰랐지만 지난 아바나 생활을 돌이켜보면서 알게 되었다.
공항 승무원의 과감하고 아름다운 꽃무늬 망사 스타킹이라든
가, 세상에서 제일 느린 캐리어 수송, 택시 호객 행위와 가격 협
상 등 이 모든 것들은 마치 아바나라는 대형마트의 시식 코너
같았다.

아바나 공항에서 나는 쿠바를 조금 맛볼 수 있었다.

낡은 벽과 문을 장식한
색채 감각이 돋보인다.

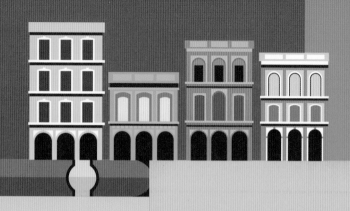

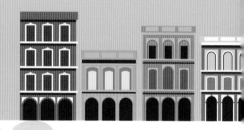

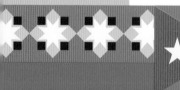

03

한 달간 지낼 아바나
숙소를 소개합니다

숙소는 베다도에 자리하고 있었다. 베다도는 쿠바 현지인 중산층이 많이 거주하는 동네로 올드 아바나에서 서쪽으로 조금 떨어진 동네다. 베다도는 구역이 꽤 넓다. 우리나라 강남구 정도라고나 할까. 우리는 올드 아바나와 가까운 베다도 지역(아바나 리브레 호텔 근처)의 한 아파트 원룸을 한 달간 빌렸다. 에어비앤비를 통해서 미리 쉽게 구했다.

공항에서 숙소로 가는 도로는 어두컴컴했다. 한 줄기 빛도 새어 나오지 않는 어둠 속에서 랜턴 하나 켜고 외나무다리를 건너는 기분이었다.

어두운 구석에서 누군가 튀어나와 무단횡단을 하다가 자칫 차에 치일까 봐 괜히 무서울 정도였다. 택시 기사는 아랑곳하지 않고 익숙하게 속력을 냈다.

길거리에서 수다 떠는
현지인들

길거리에서 마작을 즐기는 현지인들

주거 지역으로 들어서고 숙소와 가까워졌다는데 여전히 거리는 어두웠다.

막상 도착한 숙소 근처 길거리의 조명도 공항의 조명처럼 어두웠다. 오히려 밖에 나온 사람들의 스마트폰 조명이 더 밝은 듯했다. 듬성듬성하게 설치된 낡은 가로등의 주황색 불빛이 베다도 길거리를 끈적거리게 끌어안고 있었다.

평일 늦은 밤인데도 사람들이 집 밖으로 나와 휴대폰을 들여다보거나 삼삼오오 모여 떠들며 노닥거리고 있었다.

르네에게 혹시 오늘이나 내일이 휴일이냐고 물었지만 아니라고 한다. 원래 사람들이 밖에 잘 나와 있다고 했다. 나중에 알게 된 사실이지만 쿠바 사람들은 하릴없이 길거리에서 친구들과 삼삼오오 모여 수다를 떠는 것을 즐겼다.

아파트에 도착해 택시에서 내리자마자 건물을 보는 순간 무척 당황스러웠다. 세로로 길게 나온 나무 출입문은 낡아 보였고 문을 열고 들어서자 더 낡고 어두침침한 복도가 우리를 반겼다.

르네는 열심히 그리고 천천히 스페인어로 뭔가를 설명했다. 르네는 손동작이 요란하면서도 우아했다. 마치 악단의 지휘자처럼 손을 휘휘 저으며 이것저것 가리키며 설명했다. 숙소에 들어서자 에어컨 작동법, 부엌과 거실 소개, 욕실 사용법 등 자세히 알려주고 밖으로 나왔다. 내가 물어본 와이파이(Wifi) 카드 구매를 도와주겠다는 것이다.

숙소에서 걸어서 1분이면 와이파이 공원이 있다. 그 바로 옆에 위치한 베다도 호텔의 리셉션 데스크에서 와이파이 카드를 팔았다. 우리는 르네의 도움으로 한 장씩 구매했다. 숙소 근처 와이파이 공원에는 늦은 밤임에도 스마트폰 삼매경에 빠진 외국인과 현지인들이 많았다. 바로 옆 호텔에서 외국인 관광객이 꽤 많이 머무는 듯했다.(한 달간 지내보니 내 빅데이터로 체감상 밤에 와이파이가 더 잘 터졌다.)

르네는 건물 안에서도, 거리에서 걸으면서도 담배를 피워댔다. 쿠바에서는 실내나 바깥이나 상관없이 담배를 피울 수 있다. 르네는 이것저것 정신없지만 친절하게 설명해준 뒤 잘 지내라며 담배를 피우던 손으로 우리와 악수를 하고는 떠났다.

①	
②	②

① 숙소 근처 동네
② 아바나의 어느 아파트
③ 아바나에서 흔히
   볼 수 있는 우리의 숙소

지친 우리는 짐을 조금 푼 뒤 얼른 씻고는 푹 꺼진 스프링을 자랑하는 침대에 누워 잠을 청했다.

누우면 끼익하는 소리와 함께 스프링이 꺼지고 허리에 닿는 부분이 살짝 내려앉았다. 내 몸을 지지하지 않고 그대로 항복해 버리는 연약한 스프링이었다.

한 달간 지낼 아바나의 아파트를 소개한다면, 분리형 원룸이라 할 수 있다. 현관문을 열고 들어서면 아주 작은 2평 남짓한 거실 같은 공간이 있고 그곳에 소파가 있다. 소파 맞은편, 즉 현관문 위에는 1980년대 우리나라에서 볼 수 있었을 법한 작고 통통하고 귀여운 TV가 있다. 그래도 제 역할은 톡톡히 해주었다.

현관문을 기준으로 왼쪽에 작은 부엌이 있다. 가스레인지와 싱크대 그리고 냉장고도 있다. 있을 건 다 있는 셈이다! 일명 풀 옵션.

부엌과 소파 사이에 방문이 있고 그 방문을 열면 큰 방이다. 우리나라 일반 자취방 정도의 크기다. 그 방에는 욕조가 있는 화장실이 딸려 있다. 안방과 화장실을 분리하는 것은 냄새도 소음도 막아줄 튼튼한 문이 아닌 플라스틱 미닫이다. 시원찮은 놈이라 쑤와 나는 자주 민망해했다.

큰 방에는 침대 두 개가 있다. 두 명이 누울 수 있는 큰 침대

하나와 한 사람이 누울 수 있는 작은 침대가 하나였다. 최대 세 사람이 머물 수 있도록 구색을 갖춘 듯했다. 우리는 작은 침대를 쓰지 않아 그 위에 옷을 개어 올려두었다. 숙소는 수납공간이 넉넉하지 않았다.

여기까지 아바나의 원룸은 우리나라 보통 분리형 원룸 자취방과 다를 바 없지만, 큰 차이점은 창문이다. 지금까지 꼼꼼히 읽은 독자라면 내가 창문에 대한 이야기만 쏙 빼놓았다는 것을 알 수 있을 것이다. 여기 방에는 테라스도 창문도 없다. 아니, 창문이 하나 있긴 한데, 그 역할을 부실하게 수행하는 쪽창 같은 놈이 하나 있다. 그마저 건물 밖이 아닌 건물 안을 향해 나 있다.

건물 내부로 향하는 창문을 설명하려면 아파트 건물 구조에 대한 이해가 필요할 것 같다. 내 조그만 숙소를 품고 있는 이 낡고 거대한 아파트는 ㅁ자 형태다. ㅁ 안의 공간은 아주 작다. 마당이나 정원 등의 역할을 할 것 같지는 않았다. 그저 버려진 작은 공터 같았다. 크고 시원한 네모 난 공간이 아니라 매우 좁아 별로 쓸모없어 보였다.

건물의 내측 방들은 이 ㅁ자를 바라보고 있는 쪽창이 달려 있다. 내 숙소는 애초에 환기가 잘되고 햇살 쐬기 쉬운 구조가 아니었다. 쪽창으로 해를 볼 수 있는 시간은 딱 이 네모 공간 위로 해가 뜨는 정오였다. 사방이 벽으로 막혀 있으니 90도로 내리쬐는 정오가 아니면 햇살이 잘 들어오지 않는다. 하루에 햇빛이 들어오는 시간은 내가 다이어트 한답시고 유산소 운동을 하는 시간보다 더 짧았다.

덕분에 나는 아침이 왔는지, 밤이 되었는지도 모르고 지냈다. 공기도 거의 반지하와 다를 바 없을 정도로 눅눅하고 서늘했다. 개인적으로 한 달이라는 기간은 충분히 머물 만큼 괜찮은 곳이었지만 계속 살기에는 망설여지는 곳이었다.

환기가 잘되지 않고 좁아서 답답하고 더울 줄 알았는데 에어컨도 있고, 오래된 콘크리트 건물 특유의 서늘함이 있어 의외로 더위에 시달리지는 않았다.

아파트 외관은 더욱 낡았다. 한국에서 재건축을 기다리다 버려진 아파트처럼 보였다. 아파트 출입문을 열면 일자형 복도에 그 사이를 두고 방들이 마주 보고 있다. 한 층에 대충 열 개의 방이 있는 것 같은데 방 내부는 아마도 비슷할 것 같았다.

복도도 어둡다. 햇살도 잘 들지 않는다. 각진 콘크리트 건물이라 프랑스인 건축가 르코르뷔지에가 떠올랐는데 그에게 조금 실례다. 각진 큰 창도 없고 필로티도 없다. 오직 네모난 콘크리트 박스라는 점만 비슷하다.

이 건물은 햇살과 환기는 고려하지 않고 네모난 공간에 가장 효율적으로 사람을 담기 위해 방만 숭숭 뚫려 있다. 조명도 낡

아바나 숙소 복도 창으로 본 맞은편 전경

고 어두워서 감옥 같았다.

그리고 침대 매트리스는 스프링이 다 꺼져 있어 푹 들어간다. 누우면 허리가 말린다. 자고 일어나면 허리가 아팠다.

숙소를 설명하니 자꾸 아쉬운 소리가 나온다. 사실 우리가 비싼 고급 호텔을 예약한 것도 아니고 아주 합리적인 가격에(에어비앤비에서 장기 할인까지 받았다) 서민형 아파트의 원룸인 셈이니 전체적으로 봤을 때는 괜찮았다.

이 원룸에서 우리는 꼬박 한 달을 지냈다. 가끔 장을 봐서 음식을 요리해 먹었고, TV로 스포츠 경기를 보며 맥주를 마셨다. 잠을 잤고 따뜻한 물로 샤워도 했다.

TV에서는 유럽 축구 리그와 미국 NBA를 방영했고 피곤할 때면 나는 한참을 멍하니 올려다보며 쉬었다. 아이러니하게도 쿠바에서 처음으로 미국 프로농구리그인 NBA 경기를 챙겨보기 시작했다.

화장실은 쾌적하고 깨끗한 편이지만 문이 달리지 않았다. 플라스틱 커튼이라고 할 수 있는 미닫이문이 얄팍하게 달려 있었고 덕분에 상대방의 장에 중요한 일이 생길 때면 조용히 방에서 나와, 거실 TV를 켜고 소리를 키웠다. 그런데도 민망한 소리와 냄새는 플라스틱 미닫이문 사이로 새어 나왔다. 우리는 내면의 평화를 위해 촛불을 켰고 탈취제를 틈틈이 뿌렸다.

아침이면 쿠바 원두로 커피를 내려 마셨다. 까사 주인인 르네는 매주 2회 직접 방문하여 청소했다. 그동안 우리는 밖에 나가 있었다. 꼼꼼하게 청소하고 관리해준 덕분에 하루 여행에서 돌아오면 반짝 윤이 날 정도로 잘 쓸고 닦은 타일 바닥과 잘 정리된 침대 커버가 기다리고 있었다. 화장실과 욕조에는 때가 낄 틈이 없었고, 침대에서는 좋은 냄새가 났다.

냉장고는 튼튼하고 건실하게 작동했고, 가스레인지도 성냥

아바나스러운 간판 사진

이나 라이터만 있다면 문제없었다. 무엇보다 요란한 에어컨은 마음에 들지 않았지만 이 친구가 없으면 나는 버티기 힘들었다. 그래서 소음은 참아주기로 합의를 보았다.

한 달간 지내면서 느낀 점은 '인간은 역시나 적응의 동물이구나' 하는 진부한 깨달음이었다. 창도 작고, 조금 음침하고, 스프링도 꺼진 매트리스 침대였지만 시간이 지날수록 이 방과 친해졌다.

문을 열면 익숙한 소파가 기다렸고, 푹 꺼진 침대도 여전히 그 상태였다. 코로 스미는 살짝 눅눅한 공기도 익숙했고 자고 일어날 때마다 뻣뻣해진 허리는 스트레칭으로 풀어주었다.

말레콘과 가까워서 좋았고, 시끄럽지 않은 이웃들이라 편했다. 우리는 열심히 아바나 이곳저곳을 탐방한 뒤 이 서민형 아파트 원룸 숙소로 돌아왔고, 숙소는 베이스캠프 역할을 톡톡히 해주었다.

04

올드 아바나의 유명 호텔
비하인드 스토리

　내가 제일 좋아하는 영화 '대부(The Godfather)' 시리즈 두 번째 편에 쿠바의 호텔이 배경으로 나온 장면이 있다. 미국의 마피아들과 권력가들이 모여 아바나 유명 호텔에서 연회를 여는 중 쿠바 혁명이 아바나로 번져 뒤숭숭했던 시대였다.

　혁명의 불길이 급격히 거세지면서 마피아들의 호텔까지 번지자 급히 호텔을 빠져나가 도망가는데 이 장면의 배경이 바로 아바나에 위치한 NH 카프리 호텔이다.

　과거 아바나는 미국 상류층과 마피아들의 돈세탁과 온갖 향락의 천국이었다. 마피아는 종합 리조트 시설을 갖춘 거대한 호텔을 지어 카지노를 운영했고, 외국인 관광객들은 쿠바에서 도박과 음주를 포함한 사치와 향락을 즐겼다.

　지금의 유명 호텔들은 대다수 1950년대 쿠바 혁명 전에 지

NH 카프리 호텔

어졌다고 한다. 오랜 세월을 감안한다 해도 여전히 웅장함과 우아함이 남아 있다는 것은 당대 최고급으로 지었기 때문일 것이다.

하지만 미국 자본으로 지은 이 유명 호텔들은 혁명 후 전부 카스트로 정부에 강제로 몰수되었다. 럭셔리한 데다 현금을 다발로 벌어주던 호텔들을 빼앗겼으니 미국 마피아와 부자들이 얼마나 아깝겠는가. 되찾기 위해 미국 정부에 지속적으로 로비하고 압박을 넣어보았지만, 소용이 없었다.

쿠바의 카스트로 정부를 무너뜨리기 위해 미국 내 쿠바인들을 훈련해 피그만 기습을 시도했지만 허무하게 무너져버렸다. CIA는 암살을 수 차례 시도했지만 피델 카스트로는 그 모든 위험을 피해 갔다.

미국이 빼앗긴 호텔 중 가장 대표적인 곳이 바로 지금의 아바나 리브레 호텔이다. 요즘의 호텔과 견주어봐도 밀리지 않는

덩치를 자랑한다. 스위트룸 42개를 포함해 630개 객실을 갖췄으며 거대한 만찬 홀, 수영장, 복합 놀이시설 등이 있다. 원래는 호텔 명문가로 유명한 힐튼이 투자하여 지은 곳이었다. 이름도 힐튼 호텔이었으나, 혁명 이후 혁명 정부에 강제로 빼앗기고는 이름도 '아바나 리브레'로 바뀐다.

피델 카스트로는 한동안, 이 호텔에 자신의 집무실을 마련하여 석 달간 지냈다고 한다.

하지만 카스트로는 미국의 자본과 외국 관광객들의 돈을 거부하기 어려웠다. 게다가 호텔에서 종사하던 기존 쿠바 현지인 노동자들의 실업 문제를 무시하기 어려웠던 터라 아바나 리브레를 포함한 유명 호텔들을 미국 관광객에게도 영업하겠다고 발표했다.

혁명 후 당시는 돈도 돈이지만 혁명 직후 실업 문제가 심각했던 터라 노동자들의 항의도 상당했다고 한다.

명색이 노동자를 위해 혁명을 한 사회주의 정부가 아닌가. 취업 문제도 해결하고, 돈도 벌어들이기 위해 다시 개장하여 국영 호텔로 운영하려고 했으나 미국 정부는 관광객을 보내는 것을 거부한다. 그리고 강력한 무역 장벽 조치를 취한다.

'아니, 원래 내 건데 너희가 왜 운영하고 미국 관광객한테 돈을 받고 영업하려고 해?'라는 생각이 들었을 것이다.

나시오날 호텔

나시오날 호텔 입구

두 번째로 이야기할 호텔은 쑤의 최애 호텔인 '나시오날'이다. 말레콘에서 나시오날 호텔을 올려다보면 언덕 위에 있는 견고한 천혜의 요새처럼 보인다. 높은 지대에 있어 나시오날 호텔로 가려면 완만한 경사의 길을 걸어 올라가야 한다.

호텔 외부 메인 출입구부터 로비까지 관광 택시가 즐비하다. 1층 메인 로비는 주로 목재를 사용하여 고풍스러운 느낌을 준다. 어두운 조명 아래 반들반들한 목재 벽과 가구들이 차분한 분위기를 자아낸다. 나시오날 호텔은 1930년에 지은 호텔로 90년이 넘는 역사를 자랑한다.

이 호텔에서는 역사가 깊은 만큼 중요한 회의도 많이 열렸다. 나시오날 호텔 역시 미국이 지었으며, 당대 권력가들과 부자들이 모여 회의를 하거나 만찬 행사를 열었던 곳으로 유명하다. 그리고 미국 전역의 마피아들이 모두 이곳에 모인 적이 있다고 한다. 분위기가 참 살벌했을 것 같다.

쑤가 가장 마음에 들어 하는 곳은 1층 로비를 가로질러 펼쳐지는 야외 정원이다. 말레콘이 보이는 언덕 위에 야외 정원을 꾸몄다. 미니 바도 있어 음료를 주문하고 마실 수 있다.

야외 정원에서는 말레콘과 바다 지평선이 보인다. 날씨가 좋으면 해협 건너 모로 요새도 보인다. 강한 햇살을 피해 그늘로 들어가 조용히 앉아 있으면 멀리서 말레콘 도로를 달리는 올드카의 소음이 들린다.

바다가 보이는 카페가 제주도와 동해에서 유행하는데, 여기 나시오날 호텔이 그 원조 같다. 야외 정원에 앉아 올드 아바나와 그 옆 말레콘과 바다를 내려다보면서 휴식을 취할 수 있다.

재미있는 점은 이 요새처럼 보이는 호텔이 한때는 진짜 요새로 역할을 수행했다는 점이다. 1933년 바티스타 군과 이에 대항하는 군대 간에 전투가 벌어졌다. 당시만 해도 바티스타는 쿠바를 새롭게 만들자는 사명 아래 군사를 이끌던 젊은 군인이었다.

쿠데타 성공 후 초반에는 쿠바를 위한 독재자로 조금 괜찮은가 싶었는데 결국 미국의 꼭두각시로 전락한다. 당시 많은 중남미 국가들의 그렇고 그런 독재자(미국의 친구이자 부하이며, 자기 국가보다는 미국 정부에 눈치 보는) 중 하나가 된다. 나시오날 호텔 벽에는 당시 총알 자국이 남아 있다는 전설적인 이야기가 아직도 내려온다.

야외 정원을 지나서 조금 더 걸어가면 땅굴이 하나 있다. 지금은 관광지로 자유롭게 들어가 구경할 수가 있다. 나도 들어가 봤는데 생각보다 길고 복잡했다. 하지만 엄청 깊게 판 정도는 아니었다. 정말로 전투기의 미사일 공습을 대피할 수 있는 정도의 수준인지는 잘 모르겠다. 이 땅굴은 쿠바 미사일 위기 때 미국의 공습에 대비하여 지어졌다.

　내가 둘러본 쿠바 호텔 중 나름 흥미로운 이야기가 있는 두 호텔 외에도, 아바나에는 유명한 호텔들이 정말 많다. 올드 아바나 전경이 한눈에 내려다보이는 루프탑이 있는 센트럴 호텔, 초고급 럭셔리 호텔 세비야, 가장 유서 깊은 호텔 플라자 등이 있다.

　이런 재미있는 이야기를 간직한 아바나의 역사 깊은 호텔들이지만 정작 여행자에게 직접 다가오는 것은 1층 메인 로비다. 쿠바에서는 와이파이 연결을 할 수 있는 곳이 귀한데, 호텔 1층 로비에서는 와이파이 연결이 가능하다.(해당 호텔에서 판매하는 와이파이 카드만 연결되는 곳도 있다.)

　나를 포함한 수많은 외국인 관광객들이 와이파이를 연결하고 시원한 에어컨 바람과 넓고 고급스러운 로비에서 휴식을 취

센트랄 호텔 내부

센트랄 호텔에서 바라본 주거 지역

하는 모습을 볼 수 있다. 쿠바에서 휴식을 취하기에 가장 만만한 곳은 유명 호텔 1층이다.

개인적으로 추천하고 싶은 곳은 센트랄 호텔과 아바나 리브레 호텔이다. 센트랄 호텔은 피아노 연주를 하며, 로맨틱하고 차분한 분위기 속에서 쉴 수 있다. 아바나 리브레는 워낙 크기 때문에 내 존재 따위는 호텔에 부담을 주지 않으리란 편안한 마음으로 충분히 쉴 수 있다.

한 가지 정보를 덧붙이자면, 올드 아바나 중심가를 한눈에 보기 좋은 전망 스폿이 센트랄 호텔에 있다. 옥상에 루프탑 수영장이 있고 외부인 출입을 막지 않는다. 올드 아바나가 한눈에 내려다보이는 곳이다. 옛 국회의사당과 아바나 국립극장 등 아름다운 건물이 모두 보이고 이를 배경으로 사진도 찍을 수 있다. 아마 이런 전경을 보기 위한 장소로 더 알려진다면 외부인 출입을 막지 않을까 싶다.

센트랄 호텔 루프탑에서 내려다본
아바나 옛 시가지

05

올드카는 혹시
친환경이 아닐까?

　쿠바를 생각할 때마다 화려한 색감을 자랑하는 아바나의 올드카가 가장 먼저 떠오른다. 분홍색, 형광색, 하늘색 정말 다양하기도 하다. 관광지에는 이런 올드카들이 정말 많이 다닌다.

　우연히 지나가다 주차된 근사한 올드카 택시의 내부를 슬쩍 구경하게 되었다. 외양은 1970년대 쉐보레인데 핸들은 도요타였다. 카박스에는 USB를 연결하는 시스템이 설치되어 있었다. 알고 보니 겉만 올드카였고 속은 완전히 개조한 상태였다.

　이런 무지갯빛 관광객 전용 투어 택시들은 가짜 올드카들이다. 관광객을 유혹하는 감성의 껍데기라고 할 수 있다. 자동차의 겉은 1970년대 감성이 진득하게 묻어 있지만, 사실 30년 넘게 부품 교체 없이 또는 순정품으로만 문제없이 굴린다는 건 무리다. 내부의 실상은 도요타 핸들, USB 오디오 플레이어 등 많은 손길을 거쳤다.

숙소 근처에 주차된 멋진 올드카

센트랄 호텔 앞에 모여 있는 관광 택시 전용 올드카

진짜 말 그대로 올드카라는 수식어를 몸소 보여주는 리얼 올드카들도 많다. 난 리얼 올드카라고 표현하고 싶은데, 어떤 상태인가 하면 '과연 이게 굴러다닐 수 있을까' 하는 의문을 품게 하는 정도다.

겉모습도 근사한 올드카 택시와는 전혀 다르다. 예전의 영광을 가득 담은 올드 쉐보레, 캐딜락이 아닌 정체를 알 수 없는 옛날 자동차다. 옛 소련의 차도 있고, 폴란드에서 생산한 차도 섞여 있다.

호텔 거리 앞에 주차된
관광 택시 올드카

배기음과 매연은 완전 차원을 달리한다. 매운 음식을 먹다 지독하게 사레들려 콜록대는 기침 소리가 난다. 흙에 파묻힌 지 오래된 엔진이 쿨럭거리며 입속에 막힌 흙을 턱턱 뱉어내는 소리가 난다. 이런 차를 타게 되면 나도 모르게 살짝 긴장하게 되어 손잡이나 의자를 꼭 부여잡는다.

그리고 다른 건 몰라도 아바나에서는 차가 오는지 몰라 부딪칠 일은 없다. 따르릉따르릉 비켜나세요가 아니라 붕붕 쿨럭쿨럭 기침하면서 요란하게 존재를 알리기 때문에 멀리서도 차가 온다는 사실을 알 수 있다. 최신 전기차나 하이브리드 자동차가 워낙 조용해서 부딪칠까 봐 걱정하는데 쿠바에서는 그런 걱정을 할 필요가 없다.

멕시코 여행 당시 멕시코시티의 차들도 상당히 시끄럽고 매연이 지독하다고 느꼈는데 쿠바의 차들과 비교하면 신식 하이브리드 수준이다.

아바나의 차들은 사이드미러가 없거나 창문이 여닫히지 않는 경우가 많다. 심지어 비아술(viazul)이라는 외국인 전용 시외 고속버스는 전 좌석의 안전벨트가 깔끔하게 잘려져 있다. 여기 쿠바는 안전벨트 착용이 필수가 아니라 미착용 상태가 필수다.

그리고 온갖 개조를 감행한 차들도 많다. 앞서 말했듯 1970년대 쉐보레 차량에 도요타 핸들이 달려 있듯이 프레임만 멀쩡하면 쿠바 기술자들은 다 살릴 수 있나 보다.

숙소 근처 동네에 주차된 올드카

    현지인 지역을 다니다 보면 길거리에서 올드카 수리에 삼매경인 사람들을 종종 볼 수 있다. 시스템은 아이폰 사설 수리 센터와 비슷한 듯하다. 카메라가 고장 나고 다른 부분은 멀쩡한 아이폰과 카메라는 멀쩡하고 다른 부분이 고장 난 아이폰을 조합해, 멀쩡한 아이폰 한 대를 만들어낸다. 여기 쿠바에서는 고장 난 자동차 다섯 대만 모여도 새 차 한 대는 거뜬할 듯하다.

    우리나라였다면 거의 대다수 차량은 이미 폐차장으로 직행했을 것이다. 하지만 쿠바는 공산품이 부족하고, 차를 생산할 수 없는 국가인데다 수입도 힘들다 보니 기존의 제품들을 열심

일반적인 콜렉티보(합승 택시)

올드카 택시 내부

히 고쳐 사용한다.

많은 물건이 늙을 대로 늙어 지쳐 쓰러졌지만 힘겹게 산소마스크를 씌워 생명을 연장하는 수준이다. 거리에서 낡은 침대 매트리스 스프링을 다시 이어 붙이는 모습을 볼 정도였다. 부족하면 있는 것을 활용하여 지낸다. 인간은 호모 사피엔스다.

이렇게 고쳐 쓰고 아껴 쓰는 모습을 보니 내가 어렸을 때 겪었던 외환위기 직후의 한국이 떠올랐다. 당시 아껴 쓰고, 나눠 쓰고, 바꿔 쓰고, 다시 쓰자는 '아나바다' 운동이 한창이었는데 쿠바는 이미 아나바다 전문가다.

지나가는 쿠바 올드카가 뿜어내는 매연을 소매로 입과 코를 막으면서 문득 '이거 친환경 운동 아닌가?' 하는 생각이 스쳤다. 친환경 기업으로 유명한 파타고니아에서도 "사지 말고, 고쳐 입으라"고 하지 않았던가?

쿠바의 올드카들은 새로 자원을 소모하여 생산한 것이 아닌 30년째 사용하는 것들이다. 시각을 달리하면 진성 친환경 차다. 생산을 위한 탄소 발자국이 없다. 진작에 버려져야 할 차들을 직접 고쳐 쓰고 있다.

새 배터리와 신소재를 장착한 최신 친환경 하이브리드 차량, 전기차를 새로 생산하고 소비하는 것보다는 기존에 있는 차량을 오래 쓰는 편이 소모되는 자원의 총량에서 훨씬 더 적을 것 같다.

테슬라를 생산하려면 기가팩토리 공장을 새로 짓고, 철강과 배터리 등 각종 자원을 더 많이 소모해야 한다. 하지만 쿠바 올드카는 이런 것들이 필요 없다. 단지 쿨럭거리며 매연을 토해 낼 뿐이다. 그럼 이 기침만 다스린다면 꽤 친환경이지 않을까? 쿠바 학자들은 반드시 이 주제로 논문을 작성해야 한다. 그리고 기존 차량의 매연을 걸러주는 필터와 소음기만 개발해도 충분하겠다.

야자수와 어울리는 고상한 올드카

생활형 일반 올드카

생각이 여기까지 미치니 거리에서 쿠바 올드카의 외침이 들리는 것 같다.

"우리가 돈이 없어 죽은 차를 되살리는 줄 아느냐? 시끄럽다고 놀리지 마라. 날 미워하지 말라고! 너희는 우리처럼 아껴 쓰고, 다시 쓴 적이 있느냐? 이 자본주의 노예들아!"

아바나의 땅은 올드카 엔진의 기침 소리 때문에 시끄럽지만 그래도 하늘은 서울보다 훨씬 깨끗하고 맑다.

06

아바나에서 장보기는 복불복

아바나에 도착한 지 얼마 되지 않아(사실 만 하루도 되지 않아서) 아바나에서 장보기가 쉽지 않다는 것을 알았다. 아바나에 도착한 다음 날이었다. 목이 너무 말랐지만 어디서도 정수기나 생수를 찾을 수 없었다. 이참에 장도 볼 겸 도착한 바로 다음 날 아침부터 생수를 사기 위해 길을 나섰다.

이날은 하필 일요일이었다. 숙소 근처에 슈퍼마켓이 어디 있는지 몰라 한참을 헤맸다. 모든 게 낯설었고, 아바나의 슈퍼는 큰 간판이나 '나 슈퍼마켓이오' 하고 알리지 않기 때문에 찾기 어려웠다.

지도 어플 맵스미(Maps.me)를 통해 찾아간 곳은 큰 주유소 옆에 위치한 나름 꽤 크고 최신 느낌의 마트였다. 옆에는 근사한 아이스크림 가게가 있었고, 주유소 앞에는 코코 택시 기사들이

길거리에서 채소와 과일을 파는 노점상

삼삼오오 모여 손님을 기다리며 수다를 떨고 있었다.(코코 택시는 오토바이를 개조하여, 뒤에 노란색 동그란 좌석을 만들어 2명 정도 탑승할 수 있는 택시다.) 말레콘 대로 중간에 위치한 주유소에 마트가 딸려 있는 듯했다. 들어가 보니 대형마트보다는 편의점에 가까웠고 생각보다 물건이 많아 보여 걱정되지 않았다.

그런데 아무리 뒤져 보고 찾아봐도 이 큰 편의점에 생수 한 병 없었다. 직원에게 "돈데 아구아?(생수 어디에?)"라고 물으니 없다고 한다. 이 순간 마트에 생수가 없었다는 말이 무슨 뜻인지 이해가 안 될 독자들이 많을 것이다.

'아니 슈퍼마켓이나 편의점에 생수 한 병 팔지 않는 것이 가당키나 한 일인가? 조선 시대도 아니고 생수를 사 먹는 시대인 지금……'이라고 생각할 것이다. 내가 그랬다. 꽤 충격적이었다. 고개를 절레절레 저으며 "No"라고 말하는 직원을 쳐다봤지만, 더 이상 답은 나오지 않았다.

쿠바에 생수 제품이 존재하지 않는 것이 아니다. 단지 그날, 이 마트에서 생수를 보유하고 있지 않은 것뿐이다. 쿠바에서 생수 생산 브랜드는 단 하나다. '시에고 몬테로(Ciego Montero)'라는 생수 제품이다. 단 한 곳에서 생수 생산과 판매를 독점하며, 물론 국영기업이다.

우리나라처럼 롯데 아이시스가 품절이면 삼다수를 살 수 있는 그런 시스템이 아니다.(사실 우리나라에서는 생수 품절 현상도 보기 드물다.)

현지인을 붙잡고 길을 물어 근처의 다른 마트를 찾아갔다. 아바나 리브레 호텔 근처에 큰 마트가 있는데 거기에는 있을 수도 있다고 한다.

'있을 수도 있다니…… 생수가 마트에 없을 수도 있다니…….'

이때부터 쑤와 나는 당황했고 목이 더 타는 것 같았다. 맵스미로 방향을 잡으며 10분을 걸었다. 목이 너무 말랐지만, 콜라나 주스 따위는 마시고 싶지 않았다. 시원할 필요도 없고 오로지 미지근한 생수라도 마셨으면 하는 마음이 간절했다.

'여긴 사막이 아니잖아. 아니 사막에도 요즘 생수는 팔걸?'

오후 1시쯤 되어 다른 마트에 도착했다. 마트에 들어서자마자 직원에게 "돈데 아구아"라고 물었다. 마치 당연하다는 듯 물이 없다고 한다. "노 아구아."

"돈데 뿌에도 꼼프라르 아구아?(어디서 물을 구매할 수 있어?)"라고 문법이 엉터리일 가능성이 높은 스페인어 문장을 외쳤다. 소리는 높이지 않았지만 거의 절규에 가까운 한 마디였다.

다행히 직원이 알아들었는지 여기서 내려가 말레콘을 따라 쭉 직진하면 마트가 있는데 거기에는 아마 있을 수도 있겠다며 알려줬다. 아까의 주유소와는 반대 방향이었다.

또 10분을 걸었다. 아바나 리브레에서 내려와 말레콘이 보이는 길을 걸었다. 길을 따라 조금 걸으니 작은 마트가 보였다.

마트에 도착하니 직원이 오후 2시에 문을 닫는다고 알려줬다. 도착 시각은 1시 45분쯤으로 마감 시간에 아슬아슬했다. 여러 마트를 간 데다 길도 헤맨 터라 좀 더 걸렸다. 쿠바는 일요일 오후 2시면 일제히 모든 상점 문을 닫는다.

아마 관광객이 많은 올드 아바나는 여는 곳이 더러 있을 수도 있겠다. 내 숙소는 베다도에 있었고, 이때는 생수를 찾을 수 없어 패닉 상태였다. 외국인 관광객이 많은 올드 아바나로 가서 웃돈을 더 주고 생수를 구매한다는 생각도 하지 못했다. 그저 이 근방에서 물을 구매해야 한다는 생각이 머릿속을 지배했다. 서서히 이성을 잃었다.

마트 앞에는 사람들이 줄지어 차례를 기다리고 있었다. 문 닫을 시간이 가까워져 조마조마했다. 다행히 마트 안에 들어갈 수 있었고 꽤 다양한 제품군을 지나 생수를 발견했다. 그마저도 1리터나 2리터짜리가 아닌 500밀리리터뿐이었다. 네 병을 고르고 탄산음료도 두 병 골라 계산했다. 정말 2시 땡! 하니 직원이 문을 바로 닫아버렸고, 뒤늦게 온 사람에게는 가차 없이 "No!"를 말하면서 막았다.

생수는 냉장 보관이 아닌 실온 보관된 상태라 미지근한 것이

① 센트랄에서 볼 수 있는 쿠반 식료품점
② 건물 안의 식료품 시장
③ 베다도의 시장 가판대

영 시원찮았는데 값은 한 병당 1쿡이었다. 한국보다 비쌌다.

마트에서 나와 벌컥 들이켜는 순간, 웬걸! 맛이 엄청 비렸다. 자동차에 오래 보관한 미지근한 플라스틱 생수병에서 나는 맛이었다. 그래도 목말라서 마시긴 했는데 마실수록 역겨웠다. 쿠바 생수는 원래 이런 맛인가 했지만, 이때 구매했던 생수만 지독하게 맛없는 놈이었다. 아마 오랜 기간 보관하여 물에서 냄새가 나는 듯했다. 갈증이 몹시 나는데도 전혀 고맙지 않은 맛과 상태였다.

이날 이후 여행 중간에 비교적 저렴하고 시원한 생수를 볼 때마다 구매했다. 망설이지 않았다. 눈에 띄면 무조건 사들였다. 매일 아침 일어나 숙소와 가장 가까운 마트를 방문해 생수가 들어왔는지 확인했다. 생수는 매일 구할 수 없는 제품임이 틀림없었다.

많은 한국인 관광객들이 머무는 올드 아바나 지역에는 관광객 대상으로 가내 소매점이 있어 구매하기 편할 것이다. 현지인 주거 지역의 마트보다 1쿡 정도 더 비싸지만.

며칠 지나 쿠바의 생태계가 눈에 들어올 때쯤 깨달았는데, 가정집에서 미리 생수를 구매하고 얼린 뒤 웃돈을 얹어 파는 경우가 많았다. 아주 비싸지 않으니 구매할 만하다. 오백 원, 천 원 아끼겠다고 망설이다가는 이날처럼 다큐멘터리 '물 찾아 3만 리' 한 편을 찍게 된다.

어느 하루는 5리터 생수를 발견하자마자 얼른 사와 집에 보관했다. 집에서는 컵에 따라 마시고, 길을 나서기 전에는 500밀리리터 병에 덜어서 마셨는데 마음이 그렇게 편할 수가 없었다. 숙소에 물을 넉넉하게 보관하고 있자니, 왜 인간이 사냥 채집의 유목 생활에서 농업 혁명을 일으켜 정착하게 되었는지 조금 이해가 되었다.

유발 하라리의 『사피엔스』를 읽고 유목 생활을 괜찮게 생각했었는데, 아무래도 선조님들이 농업 혁명을 한 이유가 이것이 아닐까 하며 당시의 상황을 공감했다. 매일매일 물을 찾아 헤매면 참 골치 아플 것 같다는 생각이 절로 들었다.

아침에 일어나면 '오늘은 커피를 내려 마실까'가 아니라 '어디서 물을 길어올 수 있을까'를 고민하게 된다. 꽤 큰 차이다.

생수를 열려 웃돈 없어 파는 집+가게

역사를 돌이켜 선택지를 제공한다 해도 인간은 역시 농업 혁명을 선택할 수밖에 없다. 식량을 찾아 헤매기보다는 한 곳에 식량을 보관해두고 꾸준히 생산하는 쪽을 선택할 것이다. 이번 기회에 깨달은 사실이었다.

반면 쿠바 현지인들은 생수를 잘 구매하지 않는다. 현지인들의 물가 기준으로 생수가 꽤 비싸다. 끓여 마시거나 정수 통으로 정수해서 마시는 듯했다. 500밀리리터 한 병에 1쿡, 5리터가 3쿡인가 했으니 한 가족이 생수를 사 마시기에는 부담이 되는 가격이다. '이 때문에 생수 공급이 원활하지 않은가' 하고 이해하려고 해봤지만, 마트에 있는 다른 제품들을 보면 생수만의 문제가 아니다.

"그 나라의 형편을 파악하기 위해서는 슈퍼마켓을 가봐야 한다"라고 여행객 박 아무개가 말했다(박 아무개는 바로 나다). 쿠바 여행을 한다면 현지 식료품점이나 상점들을 꼭 방문해보길 추천한다. 관광품 기념 가게나 외국인 대상 상점이 아니라 현지인 슈퍼마켓이나 잡화점에 꼭 가봐야 한다. '여기가 쿠바구먼!' 하는 감상이 절로 든다.

단순히 낡았다거나 볼품없다거나 그런 정도의 이야기가 아니다. 우리나라에서 최악의 슈퍼마켓을 한번 상상해보자. 어느 후미진 동네에 좁고 제품 위에는 뽀얗게 먼지가 쌓여 있으며 동선이 불편한 슈퍼마켓을 떠올릴 수 있을 것이다. 쿠바의 식료품점과 가게는 완전 그 계보를 달리한다. 우리가 상상할 수 있는 일반 슈퍼마켓이 강아지라면, 쿠바의 슈퍼마켓은 고양이다. 어쨌든 완전히 다르다.

생수 말고 다른 제품들도 공급이 원활하지 않기는 마찬가지다. 한 달가량 머물다 보니 외국인 입장에서 여전히 장보기는 복불복이었다. 찾는 물품이 마트에 있을 때가 있고, 없을 때도 있었다. 현지인들은 어떻게 기가 막히게 정보를 아는지 특정 물품이 들어오는 날이면 마트 앞에 길게 줄 서 있다. 하루는 식용유를 사기 위해 긴 줄을 서서 기다리는 것을 보았다. 마트에서 나오는 현지인 모두가 식용유를 하나씩 안고 있어 '오늘은 식용유 들어온 날이구나' 하고 알 수 있었다.

우유도 그렇다. 한 달을 지내면서 우유를 딱 한 번 구매했지만 그 뒤로 종적을 감췄다. 우리가 현지 정보에 밝지 않아서 찾지 못했을 수 있다. 하지만 쉽게 찾을 수 없다면 공급이 원활하지 않다는 뜻 아니겠는가.(아니, 슈퍼에 우유가 없는 날이 있을 수 있다는 것 자체가⋯⋯.)

아바나의 슈퍼마켓에는 냉동 냉장 신선식품도 빈약하다. 몹시 빈약하다. 아바나에서 비교적 꽤 크고 근사해 보이는 마트에 들어가도 육류나 어류 또는 냉동식품을 넣어둬야 할 냉동고는 거의 비어 있었다. 정말 휑하다. 거미가 여기가 내 집이네 할 정도로 궁핍한 모양새다.

경제 상황이 좋지 않다 보니, 아무래도 정교하고 잘 짜인 물류 시스템과 생산 설비가 필요한 신선식품은 상대적으로 생산이 부족한 듯했다. 형편이 어렵다는 점을 한눈에 알 수 있다. 거의 모든 마트에 냉동고와 냉장고가 썰렁했다.

대신 탄산음료와 과일 주스는 대체로 거의 모든 마트에서 항상 갖추고 있는데, 생산 비용이 더 싸거나 유통과 보관이 용이해서 그럴 수도 있겠다.

한 달간 지내면서 불편한 점을 토로하는 것은 아니다. 처음에는 물론 불편했다. 도대체 생수 없는 마트가 세상에 어디 있냐고 소리 지르고 싶었고, 없는 걸 찾다가 지친 날도 있었다.

생수를 발견한 날에는 생수가 그렇게 반가울 수가 없었다. 그럼 미리 사두면 된다. 없으면 없는 대로 다른 것을 소비하거나 또 사지 않으면 된다. 사실 그런 것이 하나둘씩 없거나, 모두 똑같은 딸기잼밖에 없어도 살지 못할 정도는 아니었다. 나중에는 아무 생각이 없어진다. 단지 무언가 있다는 것에 감사함을 더 느낀다.

반면 현지 농산물이나 빵이나 지역 경제를 기반으로 하는 제품군은 부족하다고 느끼지 못했다. 숙소 인근의 채소 가게 두 곳은 항상 푸짐하게 채소와 과일 등의 농산물을 내놓았고, 쌀

① 황량한 배급소
② 쌀가게에서 무게를
   재고 있는 모습
③ 복합 쇼핑몰 안의
   고급 슈퍼마켓

집이나 빵 가게는 항상 쌀과 빵을 판매했다. 게다가 가격도 저렴하다. 직판 농산물이거나 인근 농장에서 바로 들여와 판매하는 듯했다.

동네 채소 가게에 가보니 각종 유기농 채소들이 생채기와 흙투성이로 가판대 가득 쌓여 있다. 거칠긴 하지만 일단 저렴하고 넉넉하다.

현지인들은 생수나 과자나 우유가 없다고 굶지는 않는다. 물은 끓이고 정수해서 마시며, 끼니는 직판 농산물과 여러 가지를 식자재로 해결하는 듯했다. 순전히 적응의 문제였고 시스템의 이해가 관건이었다.

그건 쿠바 현지인의 실정이고, 우리 같은 해외 관광객은 다르다. 당장 사서 마시고 먹을 게 필요하다. 만약 쿠바 슈퍼마켓 사장님에게 "여기는 무엇을 파나요?"라고 물으면 "없는 것 빼고 다 있어요"가 아니라 "있는 날에는 있고 없는 날에는 없어요"라는 답을 들을 것이다.

쿠바 여행을 길게 하는 여행자라면 생수 정도는 미리 확보해두면 좋다. 그리고 무엇보다 구매하고 싶거나 필요한 물건이 보이면 고민 없이 그 자리에서 가격을 잘 흥정하여 구매하길 추천한다. 만약 당신이 아바나에 일주일 정도 체류한다면, 남은 기간에 다시는 그 물건을 못 볼 수도 있다.

07

한국인 여행객에게
쿠바의 랑고스타란

　쿠바 여행을 준비하면서 선배 여행자들의 블로그 그리고 각종 쿠바 여행 관련 도서를 읽으며 정보를 얻었다. 쿠바 여행을 준비하기 전에 '체 게바라'와 '올드카' 그리고 '시가'를 떠올렸다면, 여행을 준비하면서 가장 많이 찾았던 키워드는 '랑고스타'였다. 랑고스타는 랍스터를 말한다.

　왜 대한민국 여행객들은 네이버 블로그에서 쿠바산 랑고스타를 이야기했을까. 많은 한국인 여행자들이 아바나의 까사에서나 가성비 식당에서 랑고스타를 먹었다. 심지어 어느 한 가족의 세계여행 정보를 담은 블로그에는 1일 세끼를 랑고스타로 했다고 글을 올렸다.(대단한 영양 섭취다!)

　쿠바 여행 정보에서 다들 하나같이 "랍스터를 값싸게 드세요"뿐이니 모두가 가성비 좋은 랑고스타 맛집을 꼭 한 번 찾아간다. '이때 아니면 언제 이 가격의 랑고스타를 먹겠냐'는 생각이다. 이런 글을 적는 나도 물론 랑고스타를 먹었다.

쿠바의 랑고스타 가격은 까사에서 보통 10쿡, 식당에서는 12~17쿡이다. 대충 만 원이 조금 넘고 2만 원 내외에서 먹을 수 있다. 한국의 랍스터 가격과 비교하면 굉장히 저렴하다. 한국에서는 노량진 시장에서 사 먹으려 해도 최소한 5만 원이 넘고, 식당에서 요리로 먹으려면 10만 원이 훌쩍 넘는 경우도 많다.
쿠바에서 랍스터 여섯 마리가 한국에서는 한 마리인 셈이다. 이 글을 쓰면서 돌이켜보니 그래도 좀 더 먹어둘 걸 그랬다. 우리도 쿠바에서 한 달 지내며 세 번 정도 랑고스타를 먹었다.

쿠바 여행을 다녀온 대다수 네이버 블로거와 선배 여행가들이 남긴 정보에는 랑고스타 맛집이 적혀 있는데 주로 아바나의 '갈리 카페'와 트리니다드의 '차메로 아저씨네 까사' 저녁 식사였다.
갈리 카페는 찾지 못하여 없어졌나 보다 생각하고 가지 않았다. 대신 우리가 찾아간 곳은 유명한 갈리 카페가 아닌 '엘 치니토'라는 곳이었다. 차이나타운에 위치한 식당이다. 식당은 조명이 꽤 어두운 편이었지만, 깔끔한 요리를 선보이며 맛도 괜찮았다. 어느 블로그에서 소개한 덕분에 갈 수 있었다.(1일 세 끼를 랑고스타로 먹었다던 세계여행 가족의 블로그다.)

차메로 아저씨네 저녁 랍스터

　트리니다드에서는 그 유명한 차메로 아저씨네 까사 랑고스타를 먹었다. 랍스터를 좋아하지만 사실 엄청난 감흥은 없었다. 역시 "랍스터는 쿠바지!"라는 감탄사보다는 푸짐하고 근사한 쿠바식 저녁 만찬을 1만 2천 원에 대접받는 기분이라 좋았다. 그래서인지 쿠바 여행을 고려하는 사람들에게 꼭 추천하고 싶은 정도는 아니었다.

　해외의 유명 맛집을 방문했는데 현지인보다 한국 블로그와 커뮤니티에 알려져 한국인 여행자가 더 많으면 괜히 민망하면

↑ 관광 음식점의 쿠탄 랍스터(랑고스타)

···› 지역 식당의 쿠탄 쿠바식 정식
(구운 닭고기+잡곡+야채+고구마 튀김)

서도 여긴 다 오는구나 싶
은 경험을 누구나 한다. 쿠
바에서 이런 경험을 할 줄
몰랐는데 랑고스타를 찾을
때 그런 경험을 했다.

　그런데 문제는 이런 맛집이 자주 실망감을 선사한다는 점이
다. 기대가 커서 그런지 유명 블로그나 커뮤니티에 알려진 곳
을 가면 너무 짜거나, 생각보다 맛있지 않거나, 정신이 하나도
없거나, 한국인들끼리 줄을 길게 서서 기다린다.

　인터넷은 정보의 바다라고 하는데 이 바다에도 지역색이 존
재한다. 한국인은 또 한국인끼리 모여 정보를 공유하고 같은
정보 풀에서 헤엄치고 노는 것 같다.

가끔 명동의 어느 식당에 특정 국가 출신의 여행객으로 보이는 사람들로 붐비는 걸 보면 한국을 찾는 외국인 관광객들도 마찬가지라는 생각이 든다.

나에게 쿠바의 랑고스타는 그냥 그랬다. 정말 가성비 측면의 장점 말고는 별것 없었다. 블로그에서 본 식당은 너무 짰고, 차메로 아저씨네는 무난했다. 오히려 플라야 델 히론에서 먹은 저녁이 그나마 제일 좋았지만 특별한 정도는 아니었다. 10쿡이라는 놀라운 가격은 확실히 큰 장점이지만 그렇다고 쿠바에서 반드시 먹어야 한다는 사명감을 들게 하지는 못했다.

누군가 혹시 "쿠바에서 랑고스타 먹는 건 어때요?"라고 묻는다면 "랍스터를 좋아하면 먹을 만한데, 그렇지 않다면 굳이 먹을 필요는 없다"라고 대답할 것이다.(아바나에 지내면서 우리나라에는 덜 알려졌지만 정말 맛있고 힙한 식당도 많이 찾을 수 있었다.)

친구들과 여행 이야기를 하다 보면 이런 말을 하는 사람이 꼭 있다.

"쿠바에 가서 랑고스타를 안 먹어봤다고? 착한 가격에 랍스터를 먹을 수 있는데 말이지. 아쉽네."

"나폴리에 가면 꼭 거기 칼조네를 먹어봐야 해. 아니면 가지 않은 셈이지."

"뉴욕 맨해튼의 그 베이글 가게 가봤어? 안 가봤다고? 아쉽네. 뉴욕을 완전히 알지 못했어."

"파리에 가면 에펠타워만 간다고? 오랑주리 미술관을 꼭 가야 해."

이런 말을 들으면 괜히 도쿄에서 그 규카쓰 집을 못 가본 것, 쿠바에서 랑고스타를 먹어보지 않은 것 때문에 내 여행이 아쉽게 느껴질 수 있다. 그래서 우리는 쿠바에서 랑고스타를 찾아 헤매고, 피렌체에서 티본 스테이크를 찾고, 도쿄에서 특정 규카쓰 집 앞에 줄 서 있는 것이다.

개인적으로 규카쓰말고 흔한 라멘집에서 라면을 먹었더라도, 아니면 새로운 식당에서 맛없는 음식을 먹었더라도 실패한 것이 아니라고 생각한다. 오히려 맛없던 경험이 더 충격적이라 오랫동안 기억에 남는다. 언젠가 "야, 쿠바 가면 절대 돼지고기 먹지 마. 충격적으로 맛없는 곳이 있어"라고 조언을 할 수도 있으니까.

쑤와 나는 그런 의미에서 여러 가지 도전을 감행했다. 한 달이라는 긴 기간 동안 쿠바에 체류했기 때문에 한국인 사이에서 유명한 맛집뿐만 아니라 괜찮아 보이는 현지 식당을 찾거나 우리나라뿐만 아니라 해외 사이트나 어플에서 유명한 맛집도 열심히 찾아 돌아다녀 봤다.

'이런 느낌의 식당은 별로, 이런 맛은 좋고, 이런 평이 있는 곳은 내 스타일이 아니더라' 하면서 경험을 쌓았고 추억도 모았다.

길을 걸어가다 배가 고파 무심코 들어간 저렴한 현지 식당의 요리가 정말 맛있던 경험은 누구에게나 있다고 생각한다. 적어도 15시간 넘게 고생하며 비행기를 타고 왔으니까 나만의 특별한 여행 경험을 위해 우리는 좀 더 용감해질 필요가 있다.

08

내가 경험한 아바나의
힙한 맛집들

　지난 2014년부터 2019년까지 우리나라 요리 예능 프로그램 '냉장고를 부탁해'가 전파를 탔다. 유명 셰프들이 출연해서 게스트 연예인의 냉장고 속 한정된 식자재를 활용해 최고의 요리 대결을 펼치는 내용이다. 재미 요소는 냉장고 속의 예측 불가능한 식자재와 매우 한정된 자원 그리고 정해진 시간 안에 요리를 선보여야 한다는 점이다.

　쿠바의 식당을 생각하면서 '냉부해(냉장고를 부탁해)'가 떠올랐다. 쿠바는 신선 제품 배송이 원활하지 않고, 수출입이 자유롭지 못하기 때문에 해외 식자재를 확보하는 데 어려움을 겪는다. 즉, 쿠바의 셰프는 한정된 식자재를 활용해야 한다. 이런 환경에서 로컬 재료를 누구보다 멋지게 선보여서 유명해진 힙한 식당을 소개하려고 한다.

퓨전 스타일의 힙한 맛집
히바로

한 달을 지내면서 수많은 쿠바 식당을 가보았다. 여행 가기 전 "쿠바 음식은 맛이 없다", "쿠바는 아무래도 메뉴가 거기서 거기더라" 하는 말을 종종 들었다. 이건 분명 사전 조사 준비가 철저하지 못했고, 과감한 도전을 하지 않았기 때문인 듯하다.

나는 엄청난 쿠바 맛집들을 찾았고 서울의 한남동이나 어느 유명 거리의 인스타 맛집과 비교했을 때 결코 뒤지지 않는 수준이었다.(가격을 고려하면 더욱더 괜찮다고 본다.)

맛있는 건 최대한 빨리 그리고 널리 공유해야 한다고 배웠다. 개인적으로 가장 최고부터 소개한다.

첫 번째 맛집은 '히바로(Jibaro)'다. 히바로는 산호세 마켓 근처에 있다. 산호세 마켓에서 쇼핑할 계획이 있는 날에 먹으러 가면 동선이 잘 맞을 듯하다.

작은 창고를 개조한 듯한 느낌의 인테리어가 독특하다. 출입문은 따로 없고, 차고 셔터를 오르고 내리는 형식이다. 들어서자마자 바로 작은 바가 보이고 바텐더가 열심히 일하고 있다. 테이블 몇 개와 내부에도 자리가 더 있고, 2층에도 자리가 있는 듯했다.

히바로는 쿠바 현지식을 바탕으로 아시안과 서양식 모두 섞은 퓨전 스타일의 음식점이다. 메뉴가 참신하고 처음 보는 것들이라 재미있었고, 맛도 너무나 훌륭해서 행복했다. 음식으로

히바로의 애피타이저(왼쪽), 메인 요리와 돼지고기 요리

행복감을 느낄 수 있구나 하는 마음이 절로 들 정도였다.

우리는 아바나에 지내면서 두 번 방문했고, 갈 때마다 새로운 메뉴를 시도했는데 모두 성공적이었다.

첫 방문에는 생선이 나오는 '오늘의 요리'와 돼지고기 메인 요리를 추가하여 먹었다. 오늘의 요리 코스는 13쿡 정도였던 것으로 기억한다. 우리나라 돈으로 15,000원 정도다.

단맛이 없는 구운 바나나 안에 속을 꽉 채운 애피타이저가 나왔고, 메인 요리는 구운 생선과 쌀밥 그리고 디저트로 설탕에 절인 구아바가 나왔다. 돼지고기 요리는 얇게 썰어서 구운 바나나로 쌀밥의 옆면을 감싸고 그 위 잘게 썬 돼지고기로 덮은 요리였다.

가장 맛있었던 요리는 생선이었다. 딱 알맞게 구운 신선한 생선 요리는 정말 오랜만이었다. 겉은 바삭한데 속은 촉촉하면서 탱글탱글했다. 불가마에서 3초 구운 삼겹살이 이러할까. 나무에서 갓 딴 사과를 한 입 베어 먹는 것처럼 입안에서 육즙이 터져 나왔다. 쑤와 나는 극찬을 하면서 아껴 먹었다.

쿠바의 베스트 맛집을 찾은 것이 뿌듯하여 신이 난 쑤는 히바로의 메뉴판을 사진 찍은 뒤 다음에 오면 뭘 먹을지 미리 고민해 본다고 했다.

숙소에서 쉴 때나, 호텔 로비에 놀러 가서 쉴 때마다 메뉴판을 보면서 다음 방문에는 어떤 메뉴를 도전해볼지 고민했다. 장난감 사러 마트에 온 아이처럼 행복해 보였다. 이런 모습의 쑤는 보기 드물다. 자주 이러지 않는데, 그만큼 히바로가 마음에 들었나 보다.

맛집 히바로의 메뉴로 가득한 한쪽 벽면

그다음 방문에서는 오늘의 요리가 아닌, 흥미로워 보이는 메인 요리 두 가지를 골랐다. 우리나라의 돈가스를 닮은 쿠바식으로 튀긴 돼지고기 덮밥과 카레 소스와 함께 익힌 닭고기를 먹었다. 딱 알맞은 맛이었다. "와, 딱 좋다!"는 말이 절로 나온다. 여기 셰프의 손맛은 남다르다고밖에 설명할 방법이 없다.

산호세 마켓 근처라 거리가 멀어 아쉽게도 두 번밖에 방문하지 못했다. 또 한 번 더 가고 싶은 유일한 쿠바 식당일 정도로 맛있는 곳이었다.

두 번째 맛집은 '마스 아바나(Mas Habana)'다. 마스 아바나는 올드 아바나 중심지의 스페인 식민지 시절에 지어진 광장들과 센트럴 파크 사이에 있다. 근처에는 외국인 관광객 대상으로 하는 괜찮은 식당들이 모여 있다. 마스 아바나는 단연 힙한 면에서 돋보인다.

조금 허름해 보이는 마스 아바나 건물

재생 인테리어가 돋보이는 마스 아바나의 내부

　바깥에서 볼 때는 외진 골목에 있어 허름할 것 같지만, 내부
는 깔끔하고 세련된 재생 인테리어를 선보인다. 히바로가 깔끔
한 인테리어라면 마스 아바나는 좀 더 예술적이다. 알전구와
독특한 의자들 그리고 벽면에 그림 액자와 그라피티가 있다.
젊은 외국인 힙스터 관광객들이 줄지어 들어온다.

① 마스 아바나의 해산물 샐러드
② 카레와 함께 마늘 소스로
   버무린 닭고기 요리

여기도 두 번 방문했다. 처음에는 마늘 소스의 닭고기와 해
산물 샐러드, 두 번째 방문에는 버터로 구운 문어 요리, 그리고
후무스와 구아바 소스가 함께 나오는 빵을 주문했다. 닭고기는
한국 사람이 좋아할 만한 카레 기반의 마늘 소스 맛이었다. 해
산물 샐러드도 비리지 않고 상큼한 맛이 일품이었다.

압권은 문어 요리였다. 버터를 골고루 발라 쫀득하게 구운 문어에 마늘 향이 살짝 배어 있다. 비트로 보이는 소스까지 함께 곁들여 느끼함을 달래준다. 밥도둑이다. 구아바 소스도 흥미로웠고, 후무스도 괜찮았다. 닭고기와 해산물은 어디서든 중간 이상은 한다. 마스 아바나의 요리는 그 이상이다.

마지막 식당은 '캘리포니아 카페(California Cafe)'다. 이름은 카페이지만 카페가 아닌 식당에 가깝다. 여기는 숙소 근처라 네 차례 방문했지만 그중 두 번은 영업을 하지 않았다. 아바나에서 미국의 지명을 대놓고 사용하는 식당을 발견할 줄 몰랐다. 숙소 근처에 있어 베다도 호텔과 아바나 리브레 호텔에서 가기 편하다.

이곳 캘리포니아 카페는 앞에서 소개한 두 식당보다 더 작고 간이식당처럼 보인다. 건물 1층 차고 느낌의 주방 앞에 천막을 치고 그 아래 테이블과 의자를 두었다. 비가 올 때 갔는데 곳곳에서 비가 새고 있어 직원이 그때마다 보수했다. 비 떨어지는 소리가 귓가에 울려 운치가 있었다.

이 식당이 재밌는 점은 캘리포니아에서 온 셰프와 교류를 한다는 점이다. 일정 기간 체류하면서 캘리포니아 스타일과 쿠바 현지 스타일 및 재료를 활용한 퓨전 요리를 선보인다.

구운 가지를 여러 겹 쌓아올린 요리(위)와 저민 돼지고기와 콩, 당근을 섞은 요리(아래)

　쑤와 나는 구운 가지를 여러 겹으로 쌓은 요리와 저민 돼지고기와 콩, 당근을 섞은 요리 그리고 야채 볶음밥을 먹었다. 이 요리들은 당시에 체류하고 있는 캘리포니아에서 온 셰프가 직접 선보이는 것으로 '기간 한정'이라고 적혀 있었다. 가지 요리가 굉장히 맛있었고, 저민 돼지고기 요리도 은근히 단맛이 나면서 목구멍 너머로 술술 넘어갔다.

캘리포니아 카페의 야채 샌드위치

두 번째 방문은 이른 오전에 브런치를 챙겨 먹기 위해서였다. 베지 샌드위치를 시켜 과일 주스와 함께 먹었다. 10점 만점에 7점 정도 줄 수 있는 기본 야채 샌드위치였다. 이왕 이곳을 방문한다면 샌드위치나 기본 메뉴보다는 스페셜 메뉴를 선택하기를 강력하게 추천한다.

내가 추천한 식당 세 곳은 우리나라 쿠바 관광 정보에 자주 등장하는 곳은 아니다. 맵스미와 트립어드바이저(Tripadvisor)를 토대로 하여 찾았다. 한국인 여행자는 여행 책자에 나오는 식당이나 가성비 랑고스타 맛집 그리고 까사에서 식사하는 것으로 알고 있다. 체류 기간이 짧아 그만큼 맛집을 찾기 쉽지 않지만 과감하게 여러 곳에 도전해 보는 것도 추천하고 싶다. 쿠바에는 아직 숨은 맛집이 많으리라 생각한다.

아바나 파스타 가게에서 마주한 빈티지풍의 인테리어

09

아바나에서
아이폰을 잃어버리다

　때는 어느 화창한 봄날이었다. 날씨도 좋고, 공기도 맑고, 시간도 많은 날이었다. 예전에 이층 버스 투어 중에 우연히 발견한 강가의 공원을 보았고, 꼭 한번 피크닉 가보자는 생각을 하고 있었다. 마침 그 피크닉을 간 날이었다.

　현지 시내버스인 '구아구아(guagua)'를 타고 공원 근처 정류장에서 내렸다. 강변 쪽으로 내려가니 어린이 전용 놀이 공간이 있었다. 어린이 공원을 잠깐 구경하다 적당한 벤치를 찾았다. 벤치는 방치된 지 오래되어 바닥이 찐득하고 더러워 물티슈로 닦고 앉아서 책을 읽으며 쉬었다.
　하늘에는 두둥실 구름이 떠가고, 나는 머리가 말랑말랑해질 정도로 쉬었다. 한가로운 시간을 보낸 뒤 산책에 나섰다. 버스에서 봤을 때는 녹음이 푸르른 아름다운 공원으로 보였으나 직접 그 속에 있으니 공원을 만들다 만 숲에 가까웠다. 길이 거칠고 끊겨 있고, 산책자의 흔적도 거의 없었다. 그래도 강은 조용히 흐르고 공기는 푸른 향을 띠고 있어 힘껏 들이마시면 기분이 상쾌해졌다.

나무가 우거지고 사람 발길이 많이 닿지 않아 거친 산책로도 우리를 막지 못했다. 다만 무슨 일이 기다릴지는 전혀 몰랐다.

산책을 좋아하는 나는 계속해서 걸어갔다. 강을 건너야 하는데 다리가 가까이 있지 않았다. 결국 멀고 먼 거리를 걸어 다리를 건너서야 왔던 곳으로 돌아갈 수 있었고 쑤는 너무 돌아가는 것 같다고 조금 투정을 부렸다. 그래도 난 그 시간마저 좋았고 행복했다.

쑤랑 떠들며 열심히 걸어 돌아왔다. 중간에는 쑤가 힘들다고 하여 언덕에서는 업어주기도 하고, 둘이서 노래를 틀고 따라 부르기도 하고, 가위바위보를 하기도 하고, 끝말잇기도 했다.

놀이도 다 떨어져 지칠 때쯤 아침에 버스에서 내렸던 그 원점으로 다시 돌아왔다. 원점에 도착하니 배도 출출하고 목이 말라 인근 슈퍼마켓에 들어갔다.

쿠바의 슈퍼마켓은 가방을 지니고 들어갈 수 없어 맡겨야 한다. 맡길 때 돈을 내야 하거나 오히려 맡기기 걱정스러워 2인조인 우리는 보통 한 명이 들어가고 한 명이 짐을 맡고 밖에서 기다린다.

　쑤가 장을 보기로 하고, 나는 밖에서 기다리며 사람들을 구경하고 있었다. 한참 뒤에 상기된 표정으로 쑤가 과자와 음료수를 들고 무슨 일이 있었는지 헐레벌떡 나에게 뛰어왔다.

　"와, 나 진짜 큰일 날 뻔했잖아. 결제하려는데 막 모네다 내버려서 놀래 가지고 쿡으로 다시 꺼내고 얼마나 정신없었는지 몰라."

　쑤는 비지땀을 흘리며 속사포처럼 말했다. 많이 긴장하고 당황한 듯했다. 당황할 만한 것이 모네다는 국내인 전용 화폐, 쿡은 외국인 전용 화폐로 미화 1달러 가치이며 국내인 전용 화폐인 모네다의 25배다.

　오래 기다리느라 지친 나는 별말 없이 "그래? 고생했어. 우리 이제 어디 앉아서 과자도 먹고 좀 쉬자"라고 말했다. 쑤는 줄도 길었고, 마트 내부도 정신이 없었다고 덧붙였다.

　다리 아래 벤치로 가는 길을 찾기 위해 1분쯤 걸어가다 갑자기 쑤가 외쳤다.

　"나 휴대폰, 내 아이폰 없어졌어!"

　"잘 찾아봐!" 하고 뒤져봤으나 쑤의 노란색 반바지는 아이폰을 몰래 숨길 주머니 따위는 없었고 마트에 두고 온 것이 분명했다. 놀란 쑤의 얼굴이 다시 반바지 색깔처럼 노래졌다. 가스

밸브 잠그는 걸 깜박하고 나온 사람처럼 헐레벌떡 마트로 뛰어 갔다.

아이폰은 자리에 없었다. 마트에서 결제하느라 정신없을 때 쓰는 계산대 위에 폰을 올려두고 지갑을 뒤져 지페를 찾아 결 제했고, 지갑과 잔돈은 잘 챙겼으나 아이폰은 챙기지 않았다.

가게 문 앞에서 한참을 망연자실하게 서 있었다. 쑤와 나는 불편한 스페인어로 발을 동동 구르며 직원에게 상황을 열심히 설명했으나 고개만 절레절레한다. 들어가서 마트를 샅샅이 뒤 져봐도 보이지 않고, 직원도 누가 가져갔는지 보지 못했다고 했다.

입구에 서서 경찰에 전화하려고 했으나 방법을 몰랐고 막막 하던 참에 어려 보이는 쿠바 젊은이들이 여럿 지나갔다. 왠지 영어를 할 줄 알 것 같아 붙잡고 자초지종 설명하니 유창한 영 어로 알겠다며 도와주겠다고 했다. 대신 전화를 걸어주고 상황 을 이야기해주고 마트에서도 통역하며 직원에게 상황 설명을 도와줬다.

도와준 청년은 와이파이 카드를 사용한 적 있는지, 해당 휴 대폰의 IMEI를 아는지 물어봤다(IMEI는 단말기 고유의 시리얼 신호 정보 같은 것이다). 쿠바에서 와이파이 카드를 이용하면 정부가 모 든 이용자의 위치와 기록을 추적할 수 있다고 한다.(놀랍지만 사실이다. 당신이 쿠바에서 와이파이 카드로 이용할 때 쿠바 정부는 그 모든 기록을 갖고 있다.) 이때 IMEI를 알고 있으면 경찰이 조회해서 찾을 수 있다.

쿠바에 오기 전 쑤가 IMEI라는 것을 알고 조회한 적이 있다. 나에게 보여주기까지 했다. 하지만 따로 기록해둔 적은 없었다. 만에 하나로 혹시나 우리 카카오톡으로 보낸 기록에서 찾을 수 있을지도 몰랐다. 나는 인근 와이파이가 터지는 공원으로 뛰어가서 와이파이를 연결해 메신저의 대화 기록과 첨부파일 모음을 조회해봤지만 찾을 수 없었다.

고마운 쿠바 청년과 친구들이 경찰을 불러주고 떠나고, 우리는 경찰을 기다렸다. 20분 넘게 기다리니 경찰이 도착했다. 운전을 아주 시원시원하게 하면서 왔다. 한 명이 먼저 내리고, 한 명은 주차를 마저 했다.

우리는 기다리는 동안 놀란 마음을 진정하고 스페인어로 상황을 정리해서 전달할 연습을 해뒀다. 이번에는 조금 나아진 스페인어로 열심히 경찰관들에게 설명했다. 언어도 피아노 연주처럼 반복하면 나아진다.

CCTV를 조회해봤으나 유명무실, 제대로 작동하지 않았다. 직원들에게 진술을 받아 진술서를 작성하고 함께 경찰차를 타고 경찰서로 갔다. 한편으로 쑤의 아이폰을 잃고 대신 쿠바 경

찰과 함께 경찰차를 타보는 경험을 해보니 나는 눈치 없이 신기했다. 한국에서도 타본 적 없는 경찰차를 쿠바에서 타볼 줄 누가 알았겠는가.

경찰서는 차로 10분 거리에 있었고, 꽤 여유로워 보이는 동네에 있었다. 주로 현지인 중산층이나 외국인이 거주하는 듯했다. 근사한 2층 주택에 차고까지 있었고 길은 깨끗하고 잘 정

◁··· 아바나 경찰서
⋮ 쿠바 경찰관(공무원)

비되었다. 올드 아바나와 우리 숙소가 위치한 베다도 동네와는
전혀 달라 보였다.

경찰서에 도착하니 앉아서 기다리라고 했다. 뒤늦게 깨달았
는데 쿠바에서는 기다리라고 하면 잠깐 기다리는 것이 아니라
정말 한없이 기다려야 한다. 중간 소식도 없다.

한가로워 보이는 경찰서 내부

  40분 정도 기다리니 우리를 불렀다. 어느 집무실에 들어가니
중년의 경찰관이 기다리고 있었다. 상황에 대해 이런저런 질문
을 했다. 하지만 우리는 마치 조선 시대 서양 함선에 붙잡힌 조
선 농민처럼 알아듣지 못할뿐더러 아무 말도 못 했다. 그러니
다른 경찰관을 불렀다. 그러고는 또 기다리라고 했다.

  기다리는 동안 주변에 뭐가 있는지 맵스미로 찾아봤다. 바로
옆에 한국의 집이 있었다. 신기했다. 도와줄 누군가가 있을지
얼른 뛰어서 가봤다. 물론 내가 뛰었다. 그 한국의 집은 더 이상
운영하지 않는지 보이지 않았고 맵스미가 알려준 위치에는 일

반 가정집으로 보이는 건물이 있었다.

돌아와서 조금 더 기다리니 경찰관이 또 따라오라고 한다. 경찰차를 또다시 얻어 타고 어디로 가는지도 모른 채 따라갔다. 호텔로 들어갔다. 꽤 큰 호텔이었는데 한산했다. 영어를 구사하는 호텔 로비 직원의 도움을 받아 진술서를 받아 적었다. 호텔 직원에게 간이 통역을 맡긴 셈이다. 현지 경찰관의 센스가 돋보였다.

호텔 직원은 불친절과 무료함 사이 어딘가에 있을 서비스 정신으로 응대했다. 우리는 영어로 속사포처럼 열심히 설명했고 통역을 담당한 쿠바 직원은 아주 짧고 간결한 스페인어로 전달했다. 열 마디가 한 마디가 되는 셈인데, 핵심만 추린 것인지 자기 맘대로 말한 건지 우리는 모르지만 다른 믿을 만한 구석도 없었다.

호텔 직원은 딱 한 번 감정 표현을 한 적이 있는데 아이폰 가격을 듣고 난 뒤였다. 잃어버린 물건의 가치가 얼마인지 적어야 했다.

"네가 잃어버린 휴대폰 얼마였니?"

"음…… 구매가로 답해야 하나?" 하고 나한테 묻더니 쑤는 "900쿡 정도!"라고 답했다.

1쿡은 1달러, 당시 아이폰은 900달러, 즉 한화 100만 원이 조금 넘었다. 그때 호텔 직원이 입을 동그랗게 벌리더니 "오,

마이 갓……"이라고 작게 말했다.(확실하지는 않다. 입을 동그랗게 벌린 것은 확실하다.) 그리고 한 번 더 확인하더니 경찰관에게 통역해줬다. 경찰관도 똑같은 모양으로 입을 벌리며 놀라워했다.

쿠바 물가와 경제를 생각했을 때 굉장한 가격인 것은 틀림없다. 한국에서도 최신 아이폰은 비싸다. 대신 쿠바에는 없는 것이 우리에게는 있다. 2년, 3년의 약정과 할부금 제노이다. 역시 자본주의다. 아무리 비싸도 살 수 있도록 만들어준다. 대신 지불한 대가는 2년간 내가 짊어지고 가야 하지만.

진술서 작성을 무사히 마치고 다시 경찰서로 돌아왔다. 하루에 경찰차를 세 번이나 탔다. 경찰서에 돌아오고 나서도 다시 30분을 또 기다렸다.

경찰관이 우리를 부르더니 이제 마쳤으니 집으로 가라고 했다. 다음 주에 올 수 있냐고 물었다. 간신히 띄엄띄엄 스페인어를 알아들었다. 다음 주는 우리가 트리니다드에 가야 하고 그 다음 주 월요일, 즉 2주 후에 올 수 있다고 했다.

알겠다고 하면서 누구를 찾으라고 했다. 자꾸 알아듣지 못하니 이름을 종이에 쓰고 쭉 찢어서는 건네줬다. 다시 경찰서에 오면 이걸 보여주면서 찾으라는 것 같았다.

우리가 허탈한 표정과 기운 빠진 채로 나갈 채비를 하니 이 모든 상황을 담당했던 여자 경찰관이 어디로 가냐고 물었다.

베다도 호텔로 가야 하는데 휴대폰을 잃어버린 마트로 돌아가 버스 정류장에서 구아구아를 타야 한다고 답했다.

덧붙여 "하지만 정류장까지 어떻게 가는지 몰라서 찾아보고 있다"라고 말했다. 태워줄 테니 기다리라고 한다. 10분을 더 기다렸다. 이때 느꼈는데, 이번 일을 겪으면서 우리 스페인어가 조금 늘었던 것 같다.

마지막 네 번째로 경찰차를 타고 오전에 도착했던 공원 근처의 버스 정류장에 내렸다. 우리는 손을 흔들며 고맙다고 했고 경찰관은 미소 지으며 "아디오스"라고 답했다.

여기 경찰서는 트리니다드 여행을 무사히 마치고 또 방문해야 했는데, 그때는 더욱더 커다란 산이 기다리고 있었다.

10

쿠바 시외 고속버스
비아술 체험기

　휴대폰을 잃어버린 쑤와 나는 애증의 아바나를 뒤로하고 트리니다드로 떠났다. 외국인은 쿠바 도시 간을 이동하기 위해 보통 비아술이라는 시외버스를 이용한다. 산타 클라라처럼 쿠바섬의 끝자락에 위치한 곳을 방문하려고 국내선 비행기를 타는 사람도 있지만 우리는 트리니다드와 플라야 델 히론을 방문하는 정도이니까 비아술을 이용했다.(버스로 4시간가량 걸린다.)

　거의 모든 짐은 아바나 숙소에 보관했다. 에어비앤비를 통해 한 달 통째로 빌렸기 때문에 할인을 받았고, 그 덕에 트리니다드와 플라야 델 히론도 가벼운 짐만 챙겨 갈 수 있었다. 작은 캐리어 하나와 배낭 하나면 충분했다.

　쿠바 시외버스를 처음 이용해보는 데다 왠지 많이 걸어야 할 것 같았는데 돌이켜보니 올바른 선택이었다.

아직 마차가 다닌다는 표지판.
쿠바의 열악한 운송 상황을 보여준다.

↑ 버스 터미널 한구석에 있는 작은 TV와
피델 카스트로의 초상화
···▶ 터미널 구석에 있는 재떨이 쓰레기통

쿠바에서 시외 고속버스
탑승 절차는 우리나라와
크게 다르지 않다. 한국에
서 미리 여행 일정에 맞춰
필요한 모든 버스 티켓을 온라인으로 예매하고 출력해서 챙겨
뒀다.

탑승 전까지 터미널에서는 괜찮았다. 우리가 흔히 아는 버스
터미널과 크게 다르지 않았다. 내 머릿속의 개념을 뒤흔들 경
험은 하지 못했다.

딱 한 가지, 버스에 타자마자 당황스러운 것이 하나 있었다. 비아술은 내가 상상하는 시외 고속버스라는 개념에 충분히 상응하는 퀄리티였으나 안전벨트가 없었다. 안전벨트가 원래 없던 것은 아니고, 깔끔하게 잘려 있었다.

비아술은 보통 중국에서 수입한 듯한 중고 고속버스 차량으로 안전벨트 단면만 좌석에서 조금 삐져나와 있어 그 흔적을 찾을 수 있다. 안전벨트를 모르는 쿠바의 어느 수입업자가 '거추장스러운 이건 뭐지? 그냥 잘라버려!'라는 식으로 결정했다고 생각할 수밖에 없었다.

그렇다고 내가 안전벨트에 강박관념이 있거나, 꼭꼭 착용하는 사람이라는 건 아니다. 버스나 택시에 탈 때 안전벨트 착용을 깜박한 적도 있고 물론 거추장스럽다고 생각한 적도 많다.

하지만 사람 심리가 그렇지 않은가? 하라고 하면 하기 귀찮은데, 하지 말라고 하면 꼭 하고 싶은 그런 거.

비아술의 안전벨트가 깔끔하게 잘려 있으니 괜히 불안했다. 쿠바의 도로 상황이나 버스 차량의 안전성도 모르는데 안전벨트까지 없다니 걱정되었다.

막상 비아술을 타보니 도로 포장 상태는 거칠지만, 한국보다 어떤 면에서는 안전하다고 볼 수 있다. 도시 간 이동하는 차량이 많지 않아서 한적하다. 고속으로 달리는 차량도 없다. 고속으로 달릴 수 있는 차 자체가 얼마 없다.

버스 기사가 탑승 인원을 확인하고 시동을 걸었다. 에어컨이 나오기 시작했다. 버스는 출발했고 에어컨 바람이 더욱 세졌다. 갑자기 겨울이 찾아온 듯 냉랭하고 건조한 바람이 나오기 시작했다. 나는 비아술은 에어컨 바람이 세기 때문에 춥다는 것을 정보를 통해 알고 있었다. 미리 알고 얇은 외투를 챙겼지만 그래도 추웠다. 알아도 소용없다.

이제 여러분도 알 것이다. 쿠바 비아술의 에어컨 바람은 겨울철 시베리아 북풍처럼 쉴 새 없이 몰아친다는 사실을. 크게 도움이 안 되겠지만 꼭 외투를 챙기길 바란다. 버스 실내의 에어컨 바람은 어디로 새어 나갈 곳도 찾지 못해 옷의 빈틈을 노려 탑승객들의 속살로 마구마구 파고든다.

안전벨트를 하지 않은 채 오들오들 떨며 쑤와 딱 붙어서 갔다. 자갈 가득한 비포장도로에 진입할 때면 버스가 마구 떨리고 우리도 달달 떨며 서로 붙잡았다. 안전벨트가 없어 버스가 흔들리면 그만큼 나도 같이 흔들린다.

하지만 인간은 적응과 망각의 동물이라고 했던가. 처음 탑승할 때 온몸을 휘감은 불안감은 어디 가고 나는 입을 벌리고 고개를 흔들며 졸다가 마침내 버스의 진동과 함께 자동차 인형처럼 고개를 흔들며 잠들었다.(어쩌면 추워서 잠들었을 수도.) 버스의 진동이 아기를 재우는 어머니의 손 두드림 같았다고나 할까.(지금 생각하니 버스 기사의 계략이 아닐까 싶다.)

한참 타고 가니 비아술도 귀여운 구석이 있었다. 운전기사가 두 명으로 번갈아 가며 운전을 했다. 중간에 휴게소도 들렀다. 그러다 한창 가는 길에 갑자기 어느 집 앞에 서더니 버스 기사가 소리를 질러 누군가를 불렀다. 어느 아주머니가 보자기를 챙겨 나와 기사에게 건넸다. 그리고는 몇 마디 나눈 뒤 다시 출발했다. 기사 식당이 아닌 기사 도시락 전문집으로 비아술이 오가면서 도시락을 받아 가는 것 같았다.

　"오늘 날씨가 참 좋군요."

　"이번에는 고기를 두둑이 넣었어요. 갓 구운 닭고기도 있답니다."

　"오, 세뇨리타 너무 기대되는군요."

　"오늘은 외국인 관광객들이 잔뜩 탔네요? 바닥에 앉거나 서 있는 사람도 보여요."

　"네. 이번에는 아시아인 커플도 탔답니다. 처음에는 긴장하더니 지금은 곯아떨어졌어요."

　"역시 기사님의 운전 실력은 쿠바 최고네요!"

　"이 버스는 매우 거친 놈이지만 다루기에 따라서 어머니의 품 안같이 부드러울 수 있지요."

　"(오는 놈마다 자기 운전 실력을 자랑한단 말이야, 흥.) 그럼 도시락 맛있게 드세요. 아디오스!"

　"좋은 하루 되십시오!"

아바나의 또 다른 운송 수단인 합승택시(콜렉티보)에는 다행히 안전벨트가 있다.

그들의 대화를 상상해본다. 쿠바인들이 이렇게 정감 있는 사람들인지는 모르겠지만.

트리니다드에 도착할 때까지 난 오른손으로 팔걸이를 붙잡고, 왼손으로는 쑤의 손을 꼭 잡은 채 서로 기댔다. 그리고 곯아 떨어졌다. 비아술 버스는 트리니다드로 점점 다가가고 있었다.

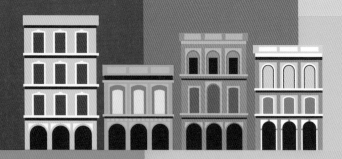

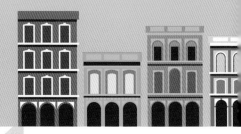

11

여행하기 딱 좋았던
트리니다드

한 나라의 수도는 다들 비슷한 구석이 있다. 서울이나 도쿄나 런던이나 그리고 아바나나 비슷하다. 높은 인구 밀도, 도시화, 빈부 격차 그리고 이것들이 모여 빚어낸 치열한 도시 삶의 현장이 그러하다.

아바나에서 지내는 동안 온갖 호객 행위에 시달리고, 가격 바가지를 쓰지 않기 위해 항상 경계하고, 큰 도시를 열심히 걸어 다니고 빈약한 대중교통을 이용하느라 진이 빠졌다.

이에 반해 쿠바 남부 도시 트리니다드는 여행하기 딱 좋은 곳이다. 걸어 다니기에 적당한 규모의 아름다운 마을에, 인근에 즐길 수 있는 액티비티 프로그램을 다양하게 갖추고 있다. 아름다운 해변까지 있으니 삼박자 모두 갖춘 완벽한 여행자를 위한 마을이라고 할 수 있다. 게다가 호객 행위도 덜하다. 트리

트리니다드 건물

니다드 사람들도 아바나 사람들보다 조금 더 순박하고 친절하다.(이건 순전히 내 느낌이다.)

나는 한국인 여행객에게 유명한 차메로 아저씨네(일명 갓메로) 까사에서 지냈다. 차메로는 미소가 밝고, 풍채가 든든한 중년 남성이다. 한글로 '차메로'라고 쓰인 스냅백을 항상 쓰고 있으며, 자기 까사에 방문하는 모든 여행객에게 묻지도 따지지도 않고 시원한 아이스커피나 달달한 망고 주스를 대접한다.

한국 사람은 역시나 쿠바에서 성질이 급한 편으로 알려진 듯하다. 쿠바는 한국 여행자를 답답하게 만드는 구석이 있고, 그래서인지 항상 서두른다. 차메로도 그걸 잘 알고 있는 듯했다.

차메로 아저씨네 숙소

소문을 듣고 차메로네를 찾아온 한국인들은 오자마자 차메로에게 "방 있어요? 어느어느 프로그램을 하러 갈 수 있나요?" 등등 다양한 질문을 쏟아내고 안달복달하는데 차메로는 "캄다운", "천천히"를 말하며 아이스커피나 망고 주스를 만들어 건네준다.

땀 뻘뻘 흘리던 한국인 여행객은 테이블에 앉아 그의 음료를 마시며 숨을 고르고, 천천히 진정된다. 시간이 조금 흐르고 '차메로가 알아봐 주는 거 맞나?' 하는 생각이 들면서 불안할 때쯤 그는 해결책을 들고 와 안내해준다. 그의 특출 난 서비스 정신과 한국인 특유의 '정'까지도 챙기는 세심한 센스로 편안하게 숙박을 해결했다.

그의 까사는 한국인 여행객에게 워낙 유명해서, 매일 저녁 트리니다드에서 여행 중인 한국인들이 모두 모여 저녁 식사를 할 정도다. 랑고스타를 함께 뜯으며 여행 정보나 이야기를 나눌 수 있다.

동네를 천천히 구경하다가 '쿠바투르(Cubatur)'라는 국영 여행사를 발견했다. 꽤 전문적으로 보여서 구경이나 하자는 마음으로 들어갔고, 파일 폴더에 정리된 투어 프로그램을 쑤와 함께 구경했다. 상담 직원은 쿠바인 중년 여성이었다. 가만히 보니 영어로 상담하다가 다른 외국인에게는 프랑스어, 그다음 외국인에게는 스페인어로 상담한다. 대단하다.

국영 여행사 쿠바투르

동네 아이들과 올드카(위쪽), 쿠바를 상징하는 목각 기념품들

우리는 상담 순서를 기다리면서 팸플릿에서 마음에 드는 프로그램을 찾았다. 하이킹은 안 좋아하지만, 승마는 꼭 해보고 싶었고, 폭포에 가서 다이빙하며 놀고 싶었다. 그래서 엘 쿠바노라는 국립공원 투어 프로그램을 골랐다. 하이킹과 승마, 그리고 폭포에서 다이빙을 즐길 수 있는 프로그램이었다.

우리는 다음 날 아침 소련제 트럭을 타고 인근 국립공원으로 갔다. 우리를 포함해 승마 체험을 신청한 사람들은 중간에 트럭에서 내려 목장으로 갔다. 그리고 말을 타고 정해진 길을 따라 올라갔다. 말을 처음 타봤는데 동물과 교감하며 달리는 체험이 색달랐다. 40분가량이었지만 이미 내가 탄 말과 정이 잔뜩 들어서 열심히 쓰다듬어주었다. '바모스(가자)'를 외치고, '그라시아스(고마워)'를 속삭이며 함께 시간을 보냈다.

우리를 실어나르던 소련제 트럭(위쪽),
트리니다드 목장의 말(승마 체험)

나투랄 해변(왼쪽)과 스노클링

하이킹 목적지는 산 중턱에 위치한 폭포였다. 폭포에서 다이빙을 즐기고 시원한 물놀이를 짧게 할 수 있었다. 계곡물이 얼얼할 정도로 추워서 금방 나왔다. 다시 내려가면 식사할 사람들은 정해진 식당에서 식사할 수 있었다. 우리는 트리니다드 시내로 돌아가 꼭 가볼 맛집을 봐 놓았기에 그곳에서 밥을 먹지 않았다.

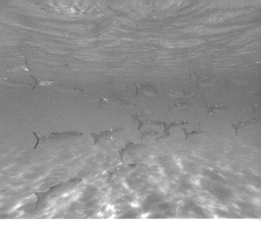

　승마 체험과 폭포 다이빙 모두 너무 만족스러웠다. 한 번 더 해보고 싶은 의향도 있다.

　게다가 트리니다드는 멋진 해변도 품은 마을이다. 이제 슬슬 '딱 좋아!'보다는 '너무 좋아!'가 어울리는 마을이지 않을까 싶을 정도다. 인근 유명한 해변으로는 '나투랄 해변'과 '앙콘 해변'이 있다. 나투랄은 물이 맑고 고요한 데다 사람도 적어 스노클링을 즐기며 헤엄치고 놀기에 적합하다.

　이튿날 아침에 차메로가 예약해준 택시를 타고 나투랄 해변으로 갔다.(택시라고 해봤자 간신히 굴러가는 자동차를 갖고 있는 동네 아저씨가 돈 받고 태워주는 서비스다. 그 택시는 사이드미러도 없고, 계기판도

트리니다드의
자전거 택시

작동하지 않았다.) 사람 한 명 없이 조용하고 맑은 해변이었다. 나
투랄은 말 그대로 천연 해변이었다.

쑤와 나는 챙겨 온 스노클링 장비를 장착하고 열심히 물질했
다. 바닥이 그대로 비칠 정도로 맑았고 햇살도 밝아서 물고기
가 잘 보였다. 해변과 가까운 곳에 커다란 바위가 둘러싸고 있
어 그나마 약한 파도 물살을 원천 봉쇄해주었기에 수면의 흔들
림이 전혀 없었다.

나투랄 바다 위에는 오직 쑤와 나뿐이었다. 평화로운 물속에
서 돌아다니는 물고기를 좇으며 구경하고 마음껏 수영도 했다.
한두 시간 지나니 조금씩 사람들이 늘었다. 우리는 세 시간 정도 실컷 놀고, 앙콘 해변으로 걸어갔다. 10분 정도 걸으면 되었는데 뙤약볕이라 태양광선에 에너지가 빨리는 기분이었다.

앙콘 해변에는 관광객이 조금 더 많았다. 트리니다드의 해변이라고 하면 사실 나투랄보다는 앙콘이 더 유명하다. 모래밭이 더 넓고 길게 이어져 있고, 석양이 기가 막힌 곳으로 유명하다.

하지만 우리가 갔을 때 바닷물이 약간 탁해서 스노클링을 즐기기에는 적합하지 않았다. 시야가 뿌옇게 막혀 물고기 구경은 하지 못했다. 우리는 모래밭에 쉬면서 바다를 구경했다.

사람이 더 붐비는 곳이라 그런지 푸드 트럭과 식당이 보였다. 우리는 푸드 트럭에서 샌드위치 두 개를 사서 끼니를 때웠다. 겉면이 살짝 딱딱한 빵을 반으로 자르고 그 사이에 슬라이스 햄과 치즈 그리고 야채를 조금 넣은 기본 샌드위치였다. 물놀이를 오래 즐겨서 그런지 맛있게 해치웠다. 더 먹고 싶었지만 차메로네 까사에서 저녁을 먹을 예정이라 참았다. 차메로네 식사는 양이 푸짐하기로 유명하다.

앙콘 해변에서 점심 샌드위치

앙콘 해변에는 요트를 타고 산호초 지역에서 스노클링을 즐길 수 있는 액티비티 프로그램도 있다. 나는 물놀이를 워낙 좋

아하는 데다 산호초 체험은 처음이기에 도전해봤다. 정해진 시
간마다 운행하는 요트에 사람을 태워 산호초 지역으로 이동하
고 50분가량 스노클링을 즐기다 돌아온다.

요트 앞에서 쉬고 있으니 출발한다고 알리기에 쑤와 나는 돈
을 지불하고 요트에 탔다. 승객은 우리뿐이다. 가이드들은 호
탕하게 웃으며 스페인어로 시원시원하게 수다를 떤다. 반바지
를 입고 구릿빛 피부를 자랑하는 바다 남자들이었다.

해변과 꽤 멀리 떨어진 산호초 지역이었다. 요트에서 내려
바다로 들어가야 하는데 바다 한가운데에서 헤엄을 쳐본 적이
없어 약간 두려웠다. 요트에서 첨벙하고 다이빙을 했다. 갑자
기 바닷속이 내 시야 가득 채우면서 바닥의 산호초와 물고기들

이 순식간에 내게 다가오는 듯했다. 순간 정신이 아득해졌다. 일시적으로 공포감에 휩싸였는데 광활한 바다에 덩그러니 놓여 있는 듯했다. 얼른 쑤를 찾았고 쑤도 나를 찾았다. 우리 둘은 떨어지지 않고 붙어서 함께 산호초를 구경하며 헤엄을 쳤다.

앙콘 해변이 유명해진 이유는 석양이다. 트리니다드를 방문했다면 석양을 꼭 구경해야 한다. 방해물 없이 쭉 뻗은 바다 건너에는 많지 않은 사람이 오밀조밀 모여 있고, 건물도 많지 않다. 아름다운 카리브해의 해 질 녘을 방해하는 것은 없다.

시간이 흐를수록 석양의 색은 짙어지고 모래가 붉어진다. 모래가 다 붉어지면, 파라솔도, 선베드도 그리고 우리도 붉게 물

노을에 짙게 물든 앙콘 해변

들기 시작한다. 그때쯤 가만히 앉아 바다를 바라보면 태양이 빨간색 원으로 보인다. 여기 쿠바에서, 트리니다드에서 카리브 해를 건너고, 대기권을 뚫고, 광활한 우주에 있는 태양을 볼 수 있다. 빨간 동그라미로 보이는 귀여운 석양빛에 내 몸이 푹 절어질 때쯤 갑자기 빨강의 점령이 뚝 멈춘다. 세상은 금세 다시 파래지면서 어두워진다. 이제 집에 갈 시간이다.

나는 한낮의 나투랄 해변이 평화롭고 한적해서 좋았고, 해
질 녘의 앙콘 해변이 좋았다. 특히 한적했던 아침에 나투랄 해
변은 밝은 햇살을 그대로 반사하고, 해수면은 갓 만든 유리처
럼 맑아 베일 것만 같았다. 자연을 그대로 투영하는 맑은 바다
에서 헤엄을 치면 마치 물고기와 친구가 된 것 같았다.

남은 날들은 트리니다드 시내를 구경했다. 시내라고 해봤자
작은 마을의 시장과 광장이다. 개인적으로 역사가 깊으면서도
크기는 작고 구성은 알찬 도시를 좋아하는데 트리니다드가 딱
적합한 도시였다.

어느 날에는 건축박물관이라고 이름 붙인 희한한 집도 둘러
보았다. 건축을 전공한 쑤가 가고 싶어서 방문했는데, 건축 이
야기보다는 예전 식민지 시대에 사용했던 건물과 그 안에 있던
가구들을 그대로 두고 시대상을 보여주는 전시관에 가까웠다.
온몸을 향해 분사되는 샤워기와 이상하게 생긴 변기나 집기들
을 구경했다.

마을의 중앙 광장에 위치한 박물관에 전망대가 있었다. 계단
으로 열심히 올라가면 널찍한 옥상이 있다. 옥상으로 들어서는
출입문과 위로 더 올라가는 계단 사이에 어느 아주머니가 앉아
있는데 잡상인이었다.

트리니다드 수제 기념품

탑으로 더 올라가면 트리니다드 전망이 더 멀리 보이는 스팟이 있는데 그 길을 막고 있다. 출입 방지용으로 줄을 계단 통로에 막아놨다. 그리고 관광 기념품 같은 것을 팔고 있는데 시원찮아 보였다. 예전에는 모네다 국내 화폐를 몇 장 팔았고, 체게바라가 인쇄되어 있는 종이 화폐가 기념품으로 인기가 많았다고 한다.

우리는 물건이 마음에 들지 않아 전망대로 마저 올라가고 싶어서 가려고 하니까 막는다. 아무런 설명도 없다. 그냥 안 된다고 한다. 그래서 한참 기다리니 위에 있던 관광객들 몇 명이 내려온다. 이내 잡상인은 올라가라고 허락해준다. 그가 출입을 관리할 권리가 있는지는 미심쩍었으나 아무래도 위에 사람이 붐비는 것을 막고 트래픽을 조절하며 그 참에 물건을 파는 것 같았다. 참고로 물건을 구매하거나 돈을 주면 바로 올라갈 수 있다. 참 이상하고 불쾌하다는 생각과 동시에 어느 정도 쿠바에 대해 체념이란 것을 해버렸다.

트리니다드 전경

트리니다드에는 좋은 카페와 펍이 많다. 아바나보다 훨씬 돈이 덜 아깝고 나름의 매력을 갖춘 곳도 꽤 있다. 맵스미에 한국어로 '커피 맛집'이라고 저장된 곳이 있다. 원래 이름은 모르겠다. 다양한 커피 종류를 갖춘 근사한 분위기의 카페다. 야외 테라스에 앉아 커피를 즐길 수 있는데 현지인들도 마시러 꽤 오는 듯했다.

트리니다드 숙소 근처 골목

럼을 넣은 커피나 쿠바 현지 스타일의 커피 종류도 있었다. 나는 럼을 넣은 커피를 도전했고 쑤는 기본 커피를 주문했다. 럼 커피는 럼 특유의 센 알코올 향을 커피가 잡아준 덕에 생각보다 괜찮았지만 즐겨 찾을 맛은 아니었다.(술은 술이다.)

트리니다드에 있는 동안 액티비티를 즐기는 날이 아니면 동네에서 오래된 카페로 찾아가 멀리 거리에서 연주하는 쿠바 민속 음악을 들으며 럼주를 넣은 커피를 마셨고, 저녁에는 음악의 집이란 야외무대가 설치된 클럽에 방문하여 민속춤과 살사 댄스를 구경하면서 맥주 한 잔을 즐기며 하루를 마무리했다.

트리니다드는 여행하기에 좋은 도시이고, 즐길 거리, 볼거리, 먹을거리도 알찬 동네다. 지금 이 순간에도 '관타나메라(Guantanamera)' 노래가 들리는 마을 전망대에서 바라본 트리니다드가 눈에 아른거린다.

12

더할 나위 없이 평화로운
플라야 델 히론

　트리니다드에서 3박 4일을 지내고 플라야 델 히론으로 넘어
갔다. 비아술을 타고 한 시간이면 도착한다. 플라야 델 히론은
바닷가의 작은 마을이다. 정말 작다.

　플라야 델 히론은 작은 마을치고는 쿠바 현대 역사에 아주
중요한 사건이 벌어졌던 곳이다. 바로 피그만 침공인데, 미국
과의 전투에서 쿠바가 이겼다고 알려진 명소다. 거의 우리나라
한산도대첩만큼 칭송하는 전투다.

　미국 CIA가 쿠바계 미국인들을 훈련하여 미국이 피그만이
라고 불렸던 플라야 델 히론에 비밀리에 침투시킨 뒤 게릴라
작전을 통해 쿠바 국민을 선동하고 카스트로 혁명 정부를 전복
시키려는 어마어마한 작전이었다. 하지만 이 꿈은 허무하게 무
너졌다.

마차가 다니는
플라야 델 히론 도로

도착하기 전에 이미 쿠
바 군대가 기다리고 있었
고, 미국은 뭐 하나 해보지
못하고 그대로 작전이 무산
되었다. 허겁지겁 좌충우돌
우왕좌왕 전투가 일어났고
쿠바는 이겼다. 그리고 피

플라야 델 히론 승전 기념 표지판

델 카스트로는 '그 미국'을 상대로 싸워 완벽하게 이겼다고 선
전한다. 쿠바가 또 한 번 승리를 거둔다. 그곳이 바로 플라야 델
히론이다.

플라야 델 히론은 트리니다드보다 더 작은 동네다. 우리나라
의 한 읍보다도 작았으니 '리' 정도의 개념이 맞을 것이다. 행정
구역은 더 클 수도 있지만 내가 돌아다니며 체감한 마을 규모
로는 정말 작은 편이었다.

플라야 델 히론의 중심지는 'T'자형이었다. T자의 일자 아래
에는 바다가 있고, 호텔이 있고, 버스 터미널이 있다. 위로 쭉
올라가면 두 갈랫길이 나오고 그 길 나란히 주택들이 있다. 대
다수 집은 현지인이 거주하지만, 외국인을 상대로 까사도 함께
운영하는 듯했다. 쑤와 난 여행 일정을 짜면서 에어비앤비로
미리 까사를 예약해두었다. 플라야 델 히론에도 에어비앤비가
된다.

한국인 리뷰가 있는 까사가 몇 없었고, 그중 가장 친절하고 무난하다는 평의 까사를 선택했다. 납작한 지붕을 덮어쓴 시골 집의 단층 주택이었다. 외벽이 노란색이라 플라야 델 히론의 노란 집으로 통했다.

우릴 맞이한 까사 주인은 단아하고 조용한 중년 아주머니였다. 열 살 내외의 아들 두 명이 있는 일반 가정집이었다. 가족이 사는 집이라 그런지 깔끔하게 관리되어 있었다.

이 단층집에는 방이 세 개 있었다. 온 가족이 한방에서 지내고, 투숙객을 위한 방은 두 개였다. 방마다 화장실 및 샤워 시설이 딸려 있었다. 내부는 몹시 깔끔했으며 나름 최신의 삼성 세탁기도 있었다. 침대도 아바나의 원룸 아파트에 있던 놈보다 훨씬 좋았다. 메모리폼 매트리스라 푹신하고 적당히 날 받아주었다. 모기가 참 많았던 것을 빼면 아주 지내기 좋았다.

까사를 운영하는 아주머니는 차분하고 조용한 편이었다. 차메로와 대조되었는데, 친근하게 대하고 엄청난 친절을 베풀지는 않았지만, 우리가 지내는 데 불편함이 없도록 신경 써주었다. 덕분에 편안하게 머물렀다. 그리고 컨디션이 조금 좋지 않다고 했는데 딱 필요한 말만 하셨다. 말이 별로 없고 신중한 편이었다.

다른 방에는 스웨덴에서 온 모녀가 지냈다. 모녀라고 해도 딸이 우리 어머니뻘이고, 그의 어머니는 할머니뻘이었다. 두 분이 쿠바를 여행하는 것도 신기했다. 까사 주인만큼 조용하고 차분한 동행이었다. 우리는 서로 필요한 말과 간단한 신상만 소개하고, 나머지는 미소만 주고받았다. 이런 까사의 분위기가 편했다. 오히려 눈치를 보거나 신경 쓸 일 없이 평화로운 마을에서 여유를 느낄 수 있어서 좋았다.

플라야 델 히론에서 1박 2일만 지내려고 했다가 2박 3일로 갑자기 바뀠다.
원래 계획은 조용한 시골 해변 마을에서 잠깐 휴식을 취하고, 해변에서 일광욕과 바다 수영을 하루 즐기다 돌아가려는 거였다. 그런데 인근에 칼레타 부에나라는 작은 리조트가 있다는 사실을 알게 되었다. 물놀이를 좋아하는 쑤와 나는 칼레타 부에나를 놓칠 수 없었다. 1박 2일 안에 이곳까지 즐기려니 시간이 너무 촉박했다. 시간에 쫓겨 서둘러 돌아와 촉박하게 비아술을 타고 싶지 않았다. 특히 쿠바에서는 그런 리스크를 감수하고 싶지 않있다.

칼레타 부에나는 자연이 만들어준 천연 리조트다. 바위가 둘러싼 작은 해변은 스노클링을 즐기기에 제격이고, 육지에는 간단한 뷔페식당과 미니 바 그리고 용품 대여점만 자리 잡았다. 최소한의 구색만 갖춘 셈인데 은근히 관광객들이 많이 온다. 원래 개인 소유지가 아닌데 사업으로 머리가 비상하게 돌아가는 누군가가 그럴듯하게 차려 놓고 입장비를 받고 외국인 관광객을 유치하는 듯했다.

선베드가 몇 개 놓여 있었지만 자리 쟁탈전은 없었다. 슬그머니 가서 그냥 차지하면 되었다. 한 그룹은 햇빛을 원했고, 한 그룹은 그늘을 원했고, 한 그룹은 물과 가깝길 원했다. 다들 원하는 곳에 따라 흩어졌다. 물론 나는 물과 가까운 그늘로 찜.

트리니다드의 나투랄과 비교했을 때 조금 아쉬웠다. 잠수해서 물속을 헤집고 다니는데 거의 모든 물고기가 바위에 붙어자고 있었다. 나투랄 바다처럼 물고기와 함께 유영하는 재미를 느낄 수가 없었다.

그래도 수심이 깊어 마음껏 잠수하고 놀 수 있었다. 오전에 입장하여 반나절 동안 실컷 수영하고 스노클링을 즐겼다. 아침에 들어가서 오후에 나왔으니 그날만큼은 제주도 해녀만큼 바다에서 시간을 보낸 듯하다. 여러 물고기도 구경하고, 수영도 하고, 뷔페도 먹고, 무알코올 피냐 콜라다도 원 없이 마셨다.

이 하루를 위해 우리는 버스 티켓을 미뤘다. 갑작스러운 변경이었지만 그 덕에 우리는 플라야 델 히론에서 하루 더 행복할 수 있었다. 플라야 델 히론 마을 자체에는 즐길 거리가 전혀 없다. 그저 단순하고 조용하고 평화로워서 좋다. 관광객이 많은 편은 아니다. 식당도 별로 없어 모두 까사에서 해결하는 듯했다.

나는 첫 저녁은 까사에서, 두 번째 저녁은 식당에서 해결했다. 까사를 운영하는 집 한구석에 공간을 내어 식당처럼 만든 곳이다. 집이자 식당이다. 쿠바의 거의 모든 비즈니스는 가내 수공업이다.

두 곳 모두 너무 맛있게 잘 먹었다. 플라야 델 히론의 까사는 트리니다드에서 지낸 차메로네보다 요리 실력이 더 좋았다.(차메로 씨 미안.) 쓰는 삶은 감자가 너무너무 맛있다고 다 먹어버렸다. 감자가 맛있는 집은 처음이다.

플라야 델 히론의
칼레타 부에나

쁠라야 델 히론 까사의 저녁 식사

랍스터도 촉촉하고, 생선도 알맞게 익었다. 정말 우리 엄마가 요리해준 것 같았다. 최고의 쿠바 가정식이었다. 엄지 척!

그리고 우연히 발견한 현지인 식당도 있었다. 푸드 트럭 같은 느낌이었는데 야외 벤치에 앉아 먹을 수 있어 좋았다. 스파게티와 볶음밥을 주문하니 요리가 정말 한참 걸렸다. 오픈한지 얼마 되지 않아 미숙한 건가 싶었는데 오랫동안 기다려서 받은 요리는 꽤 맛있었다. 외국인 화폐 '쿡'이 아닌 현지인 화폐 '모네다'를 취급하는 덕분에 두 요리 합쳐 4천 원도 안 되었다. 가성비 최고였다.

마지막 날 오전에는 해변에서 보냈다. 늦은 오후에 버스가 있어 시간이 충분했다. 까사에서 10분 정도 걸어 내려가면 괜찮은 해변이 나온다. 사람도 거의 없었다. 역시나 햇살은 강렬했고 우리는 야자수 아래 돗자리를 폈다. 수영도 조금 하고 일광욕을 즐겼다. 이제 바다는 바이바이니까.

아바나에서는 이런 바다와 해변을 찾기 어렵다. 오직 말레콘과 거친 파도만 존재한다. 마지막 여유를 즐기고 바닷물에 젖은 수영복 바지가 다 마를 때쯤 우리는 자리를 털고 일어났다.

사실 이날 해변에서 쑤와 나는 꽤 크게 싸웠다. 별것도 아닌일이었는데 말꼬투리를 잡다가 싸움이 커졌다. 쑤는 휴대폰을잃어버린 데다 신경이 날카로운 상태였고, 나는 나대로 여행내내 참은 것들 때문에 봐주지 않고 끝까지 물고 늘어졌다. 서로 비난하고 다퉜다. 지금 생각해보니 싸운 이유도 생각나지않고, 뭐라 하면서 싸운지도 모르겠다. 다만 여행 내내 쌓였던감정이 폭발한 것 같다. 내가 더 잘 할 수 있었는데 미안하다.

결국 더할 나위 없이 평화로운 플라야 델 히론에서 아주 크게 싸움이 난 건데, 조금 아쉽긴 해도 어쩔 수 없었다. 우리가싸운다고 이 평화로운 마을이 시끄러워지지는 않을 것이다. 플라야 델 히론은 지금도 평화로울 것이다. 한쪽은 바다, 바다를등지고 걸어 올라가면 두 갈래로 나뉘는 길, 그 길을 따라 늘어선 까사들 그리고 고요한 동네, 적당히 시끌벅적한 칼레타 부에나, 모든 것이 평화롭고 한적한 플라야 델 히론이었다.

13

아바나에서 변호사와
검사를 볼 줄이야

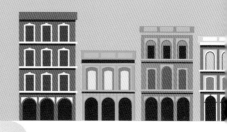

　트리니다드 여행을 출발하기 전 쑤는 아이폰을 잃어버렸다. 도난과 분실 그 사이인데, 쑤가 마트 계산대에 올려두고 깜박한 사이에 누군가 가져간 것이다.

　처음으로 아바나에 위치한 경찰서를 찾아가고, 사건 접수도 하고 진술서도 작성했다. 물론 호텔 로비 직원의 간이 통역으로 도움을 받아 경찰관이 대리 작성해준 것이지만.

　현지 경찰이 다시 한번 더 방문하라고 했으나 우리는 일정이 있어 트리니다드 여행이 끝난 다음 월요일에 방문하겠다고 해둔 터였다.

　쑤는 몹시 속상해했고 아이폰을 꼭 되찾고 싶어 했다. 돈이 아까운 것은 둘째고, 그 속에 소중한 사진들이 많이 들어 있기 때문이다. 쑤는 은근히 철저한 성격이라 틈틈이 사진을 백업하

공사 중인 아바나의 옛 국회의사당 건물로
현재 이곳에는 쿠바 과학재단과 국립자연사박물관이 있다.

고 꼼꼼하게 데이터를 관리한다.

하지만 여행을 시작한 멕시코에서부터 백업이 불가능했던
탓에 아이폰 속에 모든 여행 사진이 들어 있었는데, 그게 통째
로 날아간 것이다.(아, 지난 3주의 멕시코여……) 게다가 내 휴대폰
은 아이폰 6S였다. 쑤 기준에는 내 아이폰의 카메라 화질이 마
음에 들지 않았다. 자기가 원하는 대로 예쁜 사진을 마음껏 찍
고 싶었는데 고작 남겨진 건 오래된 아이폰뿐이라 쑤는 많이
속상해했다.(덕분에 새로 산 고프로GoPro는 잘 쓰고 다녔다.)

그래서인지 당시 쑤의 신경은 날카롭고 컨디션도 좋지 않았다. 아슬아슬했다. 폭발 직전에 꺼진 폭탄의 도화선이랄까. 불티만 살짝 날려 약간만 타버려도 터질 듯한 폭탄이었다. 난 눈치도 없이 가끔 폭탄들을 빵빵 터뜨렸고 그 폭발의 피해는 물론 고스란히 내가 받았다.

꼭 되찾고 싶었기에 어떤 수단이든 강구하고 싶었다. 아바나 까사 주인 '르네'에게 이야기하고 부탁했다. 아이폰을 잃어버린 것과 그걸 되찾기 위해 도움이 필요하다고 말했다. 우리가 여행을 마친 뒤에도 아이폰을 찾을 약간의 가능성이라도 있을 테니까 네가 받아주면 좋겠다고 이야기했다. 착한 르네는 흔쾌히 허락했고 함께 경찰서에 방문하기로 했다.

월요일 이른 아침 예의 그 쾌활한 표정과 우아한 손놀림을 뽐내는 르네와 인사를 나눴다. 함께 구아구아(아바나 시내버스)를 타고 경찰서로 찾아갔다. 르네는 차가 없든가, 아니면 기름값이 아까워 대중교통을 이용하는 듯했다. 르네의 본업은 오토바이 수리라고 한다. 여기도 가내 수공업이다. 집 한쪽에 오토바이 수리 용품과 시설을 갖추고 서비스를 제공하는 듯했다.

가까운 버스 정류장에 내리고 난 뒤 걸어가면서 떠듬떠듬 르네와 이야기를 나눴다. 르네는 영어를 거의 할 줄 몰랐다. 손짓, 발짓 그리고 눈치를 통해 쿠바 현지 중산층의 생활과 르네의 개인적인 이야기를 조금 알 수 있었다.

그에게는 미국에 사는 약혼녀가 있다. 푸에트리코계 미국인으로 뉴욕에 살고 있고, 기회가 될 때마다 휴가를 내어 쿠바에 방문한다. 이른바 '롱디 커플'이다. 다정하게 함께 찍은 사진을 보여주며 자랑했다. 사진 속 르네와 그걸 보여주는 르네는 행복해 보였다. 여자 친구의 다음 여름휴가를 기다린다고 했다. 이탈리아에 르네의 여동생이 사는데 자기 여자 친구와 시기를 맞춰 함께 온다고 했다. 나는 르네에게 그녀가 있는 미국으로 가고 싶은 마음은 없냐고 물었다. 보고 싶지만, 미국에서 살고 싶은 생각은 없다고 했다. 난 조금 다행이라고 생각했다.

경찰서에 도착해 우리 전담 경찰관의 이름을 댔다. 오늘은 그 담당자가 근무하지 않는 날이라 다른 사람이 봐준다고 했다. 그러면서 기다리라고 했다. 쿠바 경찰서에서 기다리라는 말이 정말 무서워지기 시작했다. 40분을 기다렸다.

직원이 우리를 불렀다. 집무실로 찾아갔다. 르네는 담당 경찰관에게 유창하게 상황을 설명해줬고, 경찰관은 고개를 끄덕이며 들었다. 르네는 경찰관과 직원들의 말을 더 쉬운 스페인어로 천천히 우리가 이해할 때까지 통역해줬다. 우리는 르네의 손짓과 친절한 말로 상황을 알아들었다. 눈치껏. 르네가 든든했다. 그리고 경찰관은 또 기다리라고 했는데 역시나 얼마나 기다리라는 말은 없었다.

쿠바의 대중교통인 코코 택시와 2층 관광버스

'그냥 기다리래.'

　경찰서에 도착한 시간은 10시 30분쯤이었다. 9시 40분쯤에
출발했으니 50분이 걸렸다. 접수를 확인한 것은 11시 넘어서
였고, 그 뒤 두 시간을 기다렸다. 두 시간을 기다리는 중에 무언
가가 있었냐면 아무것도 없었다. 어느 누구도 말을 걸지 않았
고 우리를 보지 않았으며 뭔가를 하지도 않았다. 정말 말 그대
로 아무것도 안 하고 경찰서 안에서 의자에 앉아 하염없이 두
시간 30분을 기다렸다.

　르네는 연신 이마의 땀을 훔치며 우리를 보며 고개를 절레절

레 흔들거나 어깨를 으쓱했다.

'망할…… 나도 모르겠다, 얼마나 기다려야 하는지. 쿠바가 이렇단다'는 뉘앙스 같았다.

대화 소재도 떨어졌다. 르네는 안절부절못하며 밖에 나가서 담배를 피우고 들어왔다. 점점 그 간격이 짧아지고 잦아졌다. 그러더니 30분씩 사라졌다 들어온다. 산책하며 전화로 수다를 떠는 모습이 보였다. 지겹겠지. 그리고 본인 일도 있을 텐데, 나도 미안했다. 미안해서 근처 구멍가게를 찾아 탄산음료를 사왔다. 두 개를 사서 하나는 쑤와 나눠 마시고, 하나는 르네에게 줬다. 르네는 고맙다고 했다. 시원한 탄산음료를 마시며 5분 정도 무료함을 달랬다.

탄산음료도 떨어지고, 한 시간 정도 지나자 나도 슬슬 따분해져서 신경이 거슬리기 시작했다. 쑤에게 한마디 했다.

"그렇게 마트에서 좀 더 신경 쓰지. 폰 잃어버려서 하루를 통째로 날리고 지겨워 죽겠다."

쑤의 도화선은 다 타버렸다. 난 진짜 말 그대로 박살 났다. 정신적으로, 육체적으로 모두. 여기서 자세히 밝히지는 않겠다. 안 그래도 속상했던 쑤는 폭발했고 난 쑤와 눈 한 번 마주치지 못했다.

내가 괜한 말을 했다고 사과했지만 쑤의 귀에는 들리지 않았다. 한 시간을 빌었다. 그 지옥 같던 한 시간 후 경찰관이 우리를 불렀다. 이제야 끝나는가 싶어 달려갔더니, "곧 변호사가 옵니다. 더 기다려 주세요"라는 말을 들었다.

그리고 50분~한 시간이 또 지났다. 그사이 아바나 경찰서의 화장실을 이용했는데 경찰서만큼 다신 오고 싶지 않은 곳이었다. 간신히 용건을 마치고 도망쳐 나왔다.

돌연 쾌활해 보이는 중년 여성 한 분이 한쪽에는 도시락 가방 같은 것을 들고, 한 손에는 핸드백을 들고 경찰서로 당차게 들어왔다. 반갑게 경찰관들과 인사를 나누고 비쥬(bisou)를 했다. 쑤에게 빌고 빌다가 지쳐 나가떨어진 나는 '저 사람은 누군가' 하면서 농촌의 한가한 소처럼 멍하게 쳐다보았다.

그 여성분이 집무실에 들어갔다가 20분 후에 나오면서 우리를 불렀다. 이 여성분이 변호사라고 했다. 그리고는 어디로 가자고 한다. 전혀 알아들을 수 없었다. 르네가 알았다고 하고 따라가기에 우리도 따라나섰다.

걸어서 1분도 채 안 걸리는 이웃 건물에 들어섰다. 고급 주택처럼 보이는 그곳은 나중에 알고 보니 검찰이 근무하는 곳이었다. 검사가 있고 속기사 같은 분이 있는 그런 검찰청 같은 곳이었다.

긴 직사각형 테이블과 우아한 목제 의자가 놓인 공간에 들어섰다. 나를 중심으로 왼쪽으로는 쑤, 르네가 앉고 오른쪽으로는 변호사 그리고 정체를 알 수 없는 어느 젊은 남성이 앉았다. 내 또래 정도로 보였다.

정체 모를 젊은 남성은 큰 키에 깡마른 체격이었고 흰머리에 눈은 충혈되어 있었다. 멍하니 느릿하고 속세에 관심 없이 딴 곳에 정신이 있는 듯했다.

모두가 자리에 앉자 어떤 절차가 진행되었다. 먼저 변호사가 열심히 스페인어로 진술서를 읽고 마구마구 설명한다. 우리는 식은땀을 흘리며 간신히 알아듣는다. 알아듣지 못하는 부분은 르네가 통역 아닌 통역을 해준다. 여기서 통역이란 영어나 한국어 같은 다른 언어로 바꾸는 행위가 아니다. 그저 천천히 또박또박 쉬운 스페인어로 말하고 열성적인 손짓으로 설명해주는 과정을 말한다. 스페인어를 스페인어로 다시 설명하는 것이다. 그런데 신기하게도 더 잘 이해되었다.

그러면 우리는 조금 더 간신히 '아'를 연신 남발하며 이해했다는 뉘앙스를 풍기기 위해 고개를 끄덕이며 "씨"라고 대답한다. 상황은 진지하지만 뭔가 코믹한 통역을 통해 일이 진행되었다.

마지막으로 변호사가 우리에게 당시 상황에 대해 물었다. 진술서에 적힌 것이 맞는지 확인하는 듯했다.

쭈는 열심히 준비했던 스페인어로 상황을 설명했다.

"우리는 마트에 있었다. 돈을 지불했다. 내 휴대폰을 뒀다. 근데 그냥 나왔다. 3분 후 놀래서 다시 찾아가니 없었다."

이 회의는 해당 진술서에 적힌 내용이 사실이 맞는지 당사자에게 확인하고, 사건 접수자와 연락받을 사람을 르네에게 인계하는 과정이었다. 해당 사항들이 맞는지 검증하고 마쳤다.

그런데 그 젊은 남성은 회의 내내 무슨 장난감이라도 되는 양 파일 폴더를 접었다 폈다, 스프링을 만지작만지작하며 넋을 놓았다. 이야기를 마치고 변호사가 그 남성에게 말했다. 대충 "상황 다 파악되었나요? 확인하셨죠?"라는 말 같았다.

그 남성은 마치 이제야 우리가 미팅 중이었다는 것을 깨달은 것처럼 고개를 들고 변호사를 쳐다보더니 "알겠다"라고 대답했다. 그러자 변호사가 "그럼 서명해주세요" 하고 서류를 건네자 그는 읽지도 않고 바로 서명하고는 다시 변호사에게 건넸다. 대체 뭐 하는 분이기에 여기에 앉아서 넋 놓다가 서명만 해주고 떠나나 싶었다.

놀라운 점은 그 서명을 해준 남성이 우리나라의 검사와 비슷한 역할을 수행하는 신분이었다는 것이다. 사건을 종결하기 위해서는 이 사건에 대해 변호사와 검사가 함께 확인하고 서명하는 과정이 필요했다. 정황상 그 남성이 검사인 듯했고 아무리 검사라지만 대단히 무료해 보였다. 그에 비해 변호사는 생그러운 기운이 넘쳐서 더욱 대비되었다.

중년 변호사는 경찰서에 들어왔던 그 당찬 모습 그대로 씩씩하게 "이것으로 마쳤습니다"라고 말하고 나갔다. 우리도 따라 나갔고 경찰서에 돌아가니 모든 과정이 끝났다고 한다. 만약 휴대폰을 되찾을 경우, 르네에게 연락한다고 했다.

우리가 경찰서에 오전 10시 반에 도착해 오후 2시 반 넘어서야 모든 일이 끝났다. 네 시간이 넘었는데 정작 기다린 시간을 빼면 사건 종결을 위한 작업은 30분도 채 되지 않았다.

르네는 아침과 달리 꽤 지친 듯이 보였다. 같이 구아구아 버스 정류장 쪽의 쿠펠리아로 갔다. 쿠펠리아는 아바나에서 가장 유명한 아이스크림 공원인데 버스들이 많이 서는 주요 정류장에 자리 잡고 있었다.

르네는 우리를 그곳까지 바래다준 후 집으로 돌아갔다. 집은 아바나 공항 근처의 마을이라고 했다. 경찰서는 르네 집과 꽤 가까웠지만, 우리를 위해 먼 길을 와서 데리고 경찰서로 갔다가 다시 우리를 바래다주고 돌아가는 것이었다. 일부러 우리를 챙겨주는 마음이 고마웠다. 친절한 까사 주인을 만나 반나절 도움을 받고 길까지 안내받다니 꽤 운이 좋다고 생각했다.

경찰서에서 한참 시간을 보냈지만, 오후 3시가 조금 넘은 시각이라 태양은 한창 쨍하게 우리를 비추고 있었다. 하지만 쑤와 나의 바이오리듬은 해 질 녘이었다. 경찰서에서 반나절을 긴장한 채로 기다리느라 진이 다 빠진 상태였다.

우리는 아바나 대학교 근처의 식당에서 첫 끼를 먹고 집으로 돌아왔다. 그리고 푹 쉬었다. 그래도 무사히 일을 마치고 사건을 종결했다는 안도감이 들어서인지 쑤는 한결 풀어진 느낌이었다. 열심히 애교 부리고 눈치 보며 쑤의 마음을 돌렸다.(그렇다고 생각했지만, 여행 내내 수시로 쑤는 응어리를 토해냈고, 난 몸을 잔뜩 웅크려 폭발을 받아냈다.) 이것으로 하루를 마쳐야 할 것만 같은 기나긴 고통스러운 시간이었다. 이제 우리는 기다리다 지쳐 쓰러진다는 말을 온몸으로 이해할 수 있었다.

역시 경찰서는 웬만하면 가지 않는 게 좋다. 어느 나라에서든, 어느 도시에서든 경찰서를 찾아야 하는 것은 안 좋은 일이 생겼기 때문이다. 아바나에서도 역시 경찰서 찾아갈 일을 만들지 않는 게 좋다. 쿠바의 경찰서는 기다리다 지쳐 쓰러지기 딱 좋은 곳이다.

14

아바나의
테니스 코트를 찾아서

쑤와 나는 2017년 여름부터 테니스에 빠졌다. 같이 배우기 시작했는데 정말 어려운 스포츠였다. 이번 여행은 3개월가량의 일정인 만큼 여유 시간에 현지에서 테니스를 쳐보자는 의견이 나왔다. 멕시코나 쿠바에서 테니스를 칠 수 있다면 얼마나 멋질까.

이번 여행 중 실제로 테니스를 칠 수 있었던 곳은 멕시코뿐이었다. 멕시코시티에서 묵었던 에어비앤비 숙소가 올림픽 공원 근처라 올림픽 공원의 테니스 코트를 대여해서 쑤와 함께 쳤고, 칸쿤 리조트 안에 근사한 테니스 코트가 있어 거기에서도 칠 수 있었다. 하지만 쿠바에서는 한 번도 테니스를 쳐보지 못했다.

아바나 시내 놀이터에서
뛰어노는 아이들

테니스와는 별로 어울리지 않을 것 같은 쿠바에서도 테니스를 칠 수 있는 공간과 기회는 존재했으나 우리가 그 기회를 잡지 못했다. 에어비앤비 트립에서 '쿠바에서 테니스를'이라는 프로그램을 찾았다.(에어비앤비는 정말 대단하다. 없는 것이 없었다.) 우리의 여행 일정과 테니스 프로그램 일정이 맞지 않아 아쉽게 한 번도 해보지 못했고 그게 한이 되어 남아 있다.(매주 화요일, 일요일에만 하는데 시간이 맞지 않았다. 관심이 있는 분은 에어비앤비에서 찾아보길.)

결국 아바나에서의 한 달은 테니스 가뭄기였고, 급기야 난 짐을 쌀 때 "어휴 저놈의 테니스 라켓을 얼마나 친다고 챙겨서!"라고 푸념을 늘어놓다 쑤에게 혼났다!(난 매를 벌어서 맞는 스타일이다.)

아바나 숙소에서 멀지 않은 곳에 아바나 국립대학 캠퍼스가 있었다. 걸어서 갈 수 있는 거리다. 캠퍼스 내 주요 건물이 네 동뿐이라 면적은 작았지만 굉장한 건축 양식을 자랑한다. 정문에서 아바나 국립대학을 바라보면 캠퍼스가 높은 계단 위에 그리스 신전처럼 우뚝 솟아 있다. 그리스의 파르테논 신전 같았다. 건물 네 동이 ㅁ자로 둘러싸고 있다. 중간에는 나무가 우거졌고, 그늘에는 벤치가 몇 개 놓여 있다. 근엄한 건물과 푸르른 나무들 그리고 그 아래 벤치는 꽤 근사한 분위기를 자아낸다.

그리스 신전 같은 멋진 아바나 대학 캠퍼스 입구

나무들이 정갈하게 심어진 아바나 대학 안쪽 중정

매우 조용하고 한산한 편이지만 가끔 시간대가 맞으면 학생들이 삼삼오오 모여 강의실을 나오는 모습이나 벤치에 앉아 수다를 떠는 모습도 볼 수 있다. 우리나라 학생도 있을까 궁금했다. 아시아인 학생으로는 중국인 유학생들만 볼 수 있었다. 중국인은 정말 세계 어디에든 있다.

　　어느 날 우리는 아바나 대학 근처에 있는 정원을 구경하고 늦은 점심을 먹으러 캠퍼스에 근접한 식당으로 갔다. 가성비 좋은 맛집으로 구운 닭고기와 잡곡밥을 넓은 접시에 담아주는데 든든한 한 끼를 제공한다.

　　밥을 다 먹은 뒤 캠퍼스로 들어가 쉬면서 한적함을 즐기고 있었는데 남학생 다섯 명과 여학생 세 명 정도가 계단에 앉아 수다를 떨고 있었다. 그런데 그중 남학생이 테니스 라켓을 백팩에 넣은 채로 어떤 공을 이리저리 던지고 장난치며 돌아다니는 것이 보였다.

　　나는 그 모습을 보고 신이 나서 "여기 근처에 학생을 위한 테니스 코트나 체육시설이 있나 봐. 쟤 테니스 라켓을 갖고 있어"라고 쑤에게 말했다. 쑤는 그럴 수도 있겠다고 했으나 난 거기서 그치지 않았다. 용기를 내어 그 남학생에 다가가 물어보겠다고 했다. 열심히 뛰어가 그 남학생에게 혹시 영어를 할 줄 아냐고 물어보니 영어를 할 줄 안다고 했다.

"방해해서 미안해. 너 테니스 라켓이랑 공을 가지고 노는데 혹시 테니스 쳐?"

"아니, 테니스는 아니야. 바깥에서 스쿼시처럼 벽에다 공을 치는 운동이야."

"그러면 여기 근처에 혹시 테니스 코트는 없니?"

"없어. 테니스 코트는 없는 걸로 알아."

"그럼 넌 이거 어디서 쳐?"

"여기 캠퍼스에서 서쪽 문으로 나간 뒤 조금 걸어가면 종합 체육 운동장 같은 곳이 있어. 거기에 플레이할 수 있는 코트가 있지."

학생은 유창한 영어로 친절하게 답해주었다. 나는 고맙다고 말한 뒤 쑤에게 다시 달려갔다.

"테니스 코트는 없고, 쟤는 테니스가 아니라 다른 운동을 하고 왔대. 야외에서 하는 스쿼시 같은 거였나 봐. 테니스 라켓으로 고무공을 벽에다 쳐서 노는 거래."

"그래? 아쉽다. 어쩔 수 없네."

"근데 여기 근처에 그 코트랑 종합 운동장이 있다니까 우리 한번 가보자."

우리는 서쪽에 있는 쪽문 같은 출입구로 캠퍼스에서 나왔다.

어느 대학생에게 안내받은 야외 운동장

언덕길 중간에 있었고, 근처에는 복사집, 작은 문방구 같은 가게도 보였다. 겉보기에는 일반 주택가처럼 보여 몰랐는데 새삼 '대학가 같다'는 생각을 하며 조금 걸으니 종합 운동장의 출입문처럼 보이는 곳이 있었다. 돈을 내야 할까 봐 긴장하며 들어섰는데 입구에 앉아 있는 직원은 우리에게 전혀 신경 쓰지 않았다.

　쭉 직진하여 들어가니 큰 야외 운동장이 나타났다. 이 출입문은 바로 스탠드석으로 이어지고, 스탠드석에서 종합 운동장 전체 모습이 한눈에 보였다. 스탠드는 넓고 꽤 컸다. 그에 비해 내부는 낡고 어두웠다. 운동장을 비롯한 각종 시설은 오랫동안 제대로 관리하지 않은 듯했다. 축구 골대 두 개 사이의 잔디는 거의 모두 죽어 있었다.

흙 운동장 너머 야외 수영장도 보였다. 아니 한때 야외 수영장이었던 곳이 보였다. 현재 여름이 아니라서 운영을 안 하는 것이 아니라 그냥 방치된 지 오래된 듯했다.

그 수영장의 오른편에 곧 무너질 듯한 콘크리트 벽이 있었다. 그 벽 앞 바닥에는 하얀색 선으로 코트가 그려져 있었다. 한 사람이 공을 치며 놀고 있었는데 아까 캠퍼스의 남학생이 설명해준 스포츠처럼 보였다. 테니스 라켓으로 고무공을 벽으로 치는 그 운동이었다.

벽은 오랜 세월 엄청나게 두들겨 맞아서 마치 마지막 라운드가 끝난 복서의 얼굴처럼 보였다. 반질반질한 단면은 고무공으로 연마된 것처럼 보였다. 곧 무너진다 해도 신기하지 않을 벽이었다. 코트 규격은 스쿼시와 비슷해 보였다.

이 모든 전경을 보고 있는데 해가 저물기 시작했다. 그늘진 스탠드석은 더욱더 어두워졌다. 점점 어두워지는 종합 운동장을 보고 있으니 쓸쓸해졌다.

쑤에게 밖으로 나가자고 했다. 운동장을 나가기까지 아무 말을 할 수가 없었다. 밖으로 나온 뒤 내 표정이 심상치 않자 쑤가 물었다.

"왜 그래? 갑자기 우울한 표정인데."

"나도 잘 모르겠어."

당시에는 내가 왜 우울해졌는지 알 수 없었다. 1년이 지나고 글을 쓰는 지금에서야 조금은 알 것만 같다.

평생을 한국에서 살고, 유럽에 교환학생과 미국에 인턴으로 잠깐 다녀오면서 내가 아는 상식선에서 벗어난 경험은 그리 많지 않다. '모름지기 문화체육 시설은 이렇다' 정도가 내 잠재의식 속에 조용히 지내고 있다가 쿠바에서 이것이 침범당한 것이었다.

유럽 대학 캠퍼스에 딸린 훌륭한 학생 체육시설을 누구나 저렴하고 편하게 이용했으며, 미국에서는 비록 사설이지만 다양한 체육시설을 합리적인 가격에 이용할 수 있었다. 한국도 공립/사립 체육 문화시설이 꽤 잘 갖춰진 편이었다.

심지어 우리나라 지방 소도시에서 국제/국내 대회를 유치하기 위해 지은 못생긴 대형 체육시설마저도 쿠바와 비교하자면 고맙게 여겨질 정도였다.

내가 다녀온 나라들은 제각기 다르지만 나름의 노력과 정성이 들어간 체육 기반시설을 갖추고 있었다.

쿠바의 대학생들이 즐기는 체육시설과 대운동장을 보고 나니 경제가 어려워지고, 먹고살기에 힘들어지면 가장 먼저 외면받는 것이 문화체육 분야이지 않겠냐는 생각도 들었다. 우리나라만 해도 오래전 먹고살기가 어려울 때는 국민을 위한 스포츠시설은커녕 고속도로 뚫기에 바빴으니까 말이다.

쿠바의 체육시설을 보면서 왜 우리가 충분히 잘 먹고 잘살아야 하며, 경제 성장이 중요한지 비로소 깨달았다. 아마 가장 중요한 이유는 우리와 우리 아이들이 지금보다 더 잘 먹고 잘 뛰고, 잘 배우기 위해서이지 않을까?

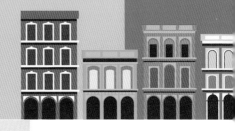

15

쿠바에서
가장 핫한 곳은 어디?

　쿠바를 생각하면 쉽게 머릿속으로 그려지는 것들은 흔히 시가, 올드카, 낡고 다양한 색깔의 건물들, 살사 댄스, 모히토 등이다. 혹시 헤밍웨이의 「노인과 바다」를 떠올린다면 그대는 문학인일 것이다.

　서울에는 북촌의 한옥마을과 경복궁도 있지만, 이태원과 강남, 홍대 등 젊은 사람이 북적대고 유흥거리도 다양한 핫한 지역구도 많다. 게다가 대림미술관, 디뮤지엄이나 국립현대미술관 등 다양한 문화 전시 시설도 갖추고 있다. 런던에는 버킹엄 궁전과 테이트 모던이 있고, 파리에는 몽마르트르 언덕과 조르주 퐁피두 센터가 있다. 나라마다 고유의 전통적인 명소와 실험적인 명소 둘 다 갖추고 있기 마련이다.

폐공장 시설을 활용한 쿠바의 예술 공장
파브리카 데 아르테 쿠바노

쿠바에도 옛 시가지인 올드 아바나가 있고, 새롭게 떠오르는 핫한 명소도 하나 있다. 바로 '파브리카 데 아르테 쿠바노 (Fabrica de Arte Cubano)'다. 쿠바 문화 센터라고도 하는데, 직역하면 쿠바의 예술 공장이다. 이름도 너무 잘 어울리는 것이 원래 식용유 공장이었다고 한다. 폐공장 시설을 활용한 재생 인테리어로 지은 예술 복합센터이다.

많은 여행자가 파브리카 데 아르테 쿠바노를 방문하기 위해 택시를 타지만 아바나 여행 고수가 다 되어버린 우리는 비용을 아끼기 위해 현지인처럼 구아구아를 타고 갔다. 이용 요금이 50원도 안 되는 셈이다. 2주 넘게 지내다 보니 구아구아도 꽤 편하다.

베다도 호텔 쪽에서 버스를 타고 파브리카 데 아르테 쿠바노 근처 정류장에 내려서 걷기로 했다. 버스 정류장에서 내리는 순간 황량한 거리가 펼쳐졌다. 미국 서부의 어느 버려진 버스 정류장처럼 정류장 표 막대만 서 있고 주변에는 사람이 보이지 않았다. 맵스미를 보며 쑤와 함께 5분 정도 걸으니 사람들이 나타났다.

대로변에는 사람이 보이지 않았지만 작은 골목과 주택가에는 꽤 많은 사람이 있었다. 쿠바 사람들답게 우리를 쳐다보지도 않고 각자의 시간을 보내고 있었다. 마작 같은 걸 하는 아저씨들이나 삼삼오오 모여 자동차를 손보고 있는 사람들도 있었다.

10분 정도 걸으니 저 멀리 공장 굴뚝이 보였다. 파브리카 데 아르테 쿠바노의 굴뚝이었다. 도착하니 시설이 꽤 컸고, 외국인 관광객들로 북적였다. 건물 담장 벽에는 다양한 그라피티 작품들이 그려져 있었다. 유쾌하고 재밌는 그림 앞에서 포즈를 취하고 사진을 찍었다.

입구 앞에는 폐차된 폭스바겐의 비틀스(beetles)를 활용한 예술 조형물이 있었다. 비틀스(Beatles) 노래가 나오는 조형물로 자세히 보니 딱정벌레처럼 꾸며났다. beetles의 영어 원뜻을 이용한 언어유희를 담은 듯했다.

파브리카 델 아르테 쿠바노 입구 전시물. 딱정벌레로 꾸며 놓은 조형물에서 비틀스의 노래가 들려온다.

박물관 내 루프탑에서 먹은 해산물 모둠꼬치

쑤와 나는 저녁을 먹기 위해 인터넷으로 미리 봐둔 식당으로 올라갔다. 파브리카 데 아르테 쿠바노와 한 건물에 있는 일명 박물관 내 식당인 셈인데 루프탑인데다 음식도 분위기도 좋았다.

옥상에 마련된 테라스에 앉아 해산물 모둠꼬치와 고구마튀김으로 배를 채웠다. 해산물 모둠꼬치는 구운 야채와 랍스터살, 새우 등이 큰 꼬챙이에 꽂혀 나왔다. 가격을 생각하면 조금 아쉬운 양과 맛이었다.

테라스 뒤편에 있는 가파른 계단으로 한 층 올라가 그곳에서 석양을 구경했다. 우리는 붉게 물드는 아바나 전경을 구경한 뒤 전시관으로 갔다.

전시관에는 익살스럽고 재밌는 작품들로 구성되어 있었다. 조각과 사진 등 현대미술 작품이 많았다. 우리나라로 치면 국립현대미술관보다는 대림미술관에 가까운 느낌이었다. 전위적이고, 실험적인 예술 작품보다는 대중문화와 팝 요소가 더 많았다. 쑤와 함께 편하고 재밌게 감상할 수 있었다.

전시관에 걸려 있는 다양한 작품들

　전시관에 들어서자 Libre/Ocupado라는 문구로 크게 하트를
만든 작품이 눈길을 끌었다. 싱글 또는 임자 있음이란 뜻으로
이해할 수 있겠다.

　어느 예술가는 다양한 국적의 사람들을 사진으로 찍었다. 모
두 각자의 언어로 '지루한'이라고 쓴 팻말을 들고 지루한 표정
을 짓고 있었다. 한국 사람도 있고, 미국 사람도 있고, 크로아티
아 사람도 있고, 러시아 사람도 있었다. 말은 달라도 표정이 다
들 비슷해서 재미있었다. 글로벌 시대에 걸맞게 다양한 인종과

국적을 다룬 예술 작품도 있는 것이 흥미로웠다.

공장이었던 탓에 공간이 큼직하게 나뉘어 있고, 별관들이 각각 연결되어 있었다. 문을 열 때마다 전혀 다른 새로운 공간이 나타나 이곳저곳 돌아다니는 재미가 있었다. 어떤 문을 열면 현대 예술 조형물 전시전이, 어떤 문을 열면 사진 전시회가, 어떤 곳에 다다르면 소극장 무대가 나온다.

내부 고급 식당의 야외 테라스

파브리카 데 아르테 쿠바노에서는 프로그램이 다양하게 편성되어 매일 밤 연극과 콘서트, 디제잉 등이 열린다. 푸드 코트도 다양하다. 핫도그를 중점으로 간단한 음식과 스낵을 파는 코트도 있고 아이스크림과 디저트류를 파는 카페도 있다. 내부에는 우리가 갔던 식당보다 조금 더 고급스러워 보이는 레스토랑도 있었다. 예약제로 운영되는 듯했다. 겉보기에도 고급스러워 보였다.

여기저기 구경하느라 조금 지친 쑤와 나는 야외 테라스에 앉아 건너편 하얀 벽에 빔프로젝터로 쏘아 상영하고 있는 찰리

야외 테라스 건너편에서 만난 찰리 채플린의 '모던 타임스'

채플린의 '모던 타임스'를 한참 바라보며 쉬었다. 무성영화를
야외에서, 폐공장 흰 벽을 통해 감상하고 있으니 색달랐다.

공장에서 일하는 찰리 채플린이 우스꽝스러운 슬랩스틱
(slapstick)을 폐공장 벽면 위에서 선보이고 있었다. 쑤는 찰리 채
플린을 좋아한다. 자기가 좋아하는 배우를 쿠바에서 보게 되자
무척 반가워했다.

한참 구경하고 있으니 날씨가 제법 쌀쌀해 닭살이 돋았다.
다시 실내로 들어가 보니 어느새 소극장에서는 1인 연극을 하
고 있었다. 미국 프로 선수로 활약했던 실존 인물로 '초콜라테'
라는 별명을 가진 쿠바 출신 복서의 일대기를 다룬 이야기였
다. 스크린으로 영어 자막을 보여주어 내용 전개는 대략 이해
되었다.

1인극은 처음 보았는데 정말 대단한 연기였다. 넓은 무대에 단 한 사람이 등장해 대사를 읊거나 몸 연기도 펼치는데 나도 모르게 극 속으로 빠져들었다. 마치 이 인물과 내가 마주 앉아 있고, 그가 과거를 회상하며 독백하는 듯했다. 그것도 스페인어로.

남자 배우 혼자 나와 '초콜라데'라는 별명을 가진 프로 선수를 연기하는데 정말 대단했다. 때론 웃기도, 때론 같이 침울해지면서 연극에 흠뻑 빠진 시간이었다.

연극이 끝나자 열심히 손뼉을 쳤다. 1인분의 연기를 꼭꼭 씹어 소화한 느낌이었다. 과하지도, 덜하지도 않은 딱 좋은 1인극이라 생각하며 다른 무대가 있을 장소로 이동했다.

어두운 홍대 클럽이 연상되는 스테이지에서는 텔마리라는 래퍼의 콘서트가 준비 중이었다. 어느 음악 방송 전문 MC와 함께 잠깐의 토크쇼를 마치고(팟캐스트로 라이브 방송이 되는 듯했다) 콘서트를 시작했다. 텔마리는 쿠바 민속 의상에 특유의 쿠바 민속 음악 멜로디를 기반으로 흥겨운 랩과 노래를 선사하는 쿠바 여성 래퍼였다. 알아들을 수 없었지만, 멜로디와 비트에 따라 내 어깨가 으쓱으쓱거렸다.

밤 11시가 다 되어가는데 공연은 끝날 기미가 보이지 않았다. 스테이지는 뜨겁게 달아올랐고 사람들 모두 신나게 춤추며

놀았다. 몸에서 흘러나온 땀이 옷을 적셨고, 젖은 옷이 몸에 달
라붙을 정도였다. 쑤도 지친 나머지 마지막 30분은 줄곧 앉아
있었다. 나는 이 콘서트가 마지막 행사인 줄만 알았고 쑤에게
지금 떠나기에는 너무 아쉽다며 조금 더 버티자고 했다.

　하지만 10분도 더 놀지 못하고 완전히 지쳐버리고 말았다.
90분 축구 경기를 풀타임으로 뛴 선수처럼 땀에 흠뻑 젖은 채
발을 질질 끌며 공연장에서 나왔는데, 이럴 수가!?

밖에서는 공연클럽이 한창이었다. 공연장과 연결된 전시 공간에 디제이 부스를 차리고 앰프를 설치해 클럽 스테이지로 꾸민 것이다. 왕년 클럽 죽돌이였던 나는 신이 나서 구경했다. 이렇게 힙한 클럽 스테이지는 난생처음이었다.

내가 아까 보았던 예술 작품들 사이에 사이키 조명이 돌아가고 DJ가 부스에서 노래를 틀었다. 예술 직품들 사이에 사람들이 모여 춤을 춘다. 세상 어느 클럽을 가도 예술품 옆에서 놀 수 있는 곳은 찾아보기 힘들 것이다. 파브리카 데 아르테 쿠바노 말고는.

이미 지쳤지만, 축구 경기 후반전 인저리 타임(injury time)에 뛰는 선수처럼 마지막 5분을 위해 뛰었다. 힙합과 EDM 음악에 맞춰 열심히 춤추고 놀다가 도저히 안 되겠다는 생각에 그곳에서 벗어났다.

구아구아를 타려고 왔던 길을 그대로 되돌아가 정류장에 이르렀다. 늦은 시간에도 구아구아가 다녀서 더 신기했다. 황량한 버스 정류장에서 구아구아를 기다리는데 현지인 한 명도 있었다. 이 시간에 버스가 올까 걱정했지만, 현지인도 기다리는 걸 보니 아직 버스는 다니나 보다 싶었다.

그는 다른 번호의 버스를 타고 떠났고 우리는 조금 더 기다렸다가 집 근처로 가는 버스에 올랐다. 이제 자정이 다 되어가는데 나는 마치 밤새워 놀고 난 뒤 첫차를 탄 스무 살 같은 기분이 들었다.

쿠바에서 가장 핫한 곳을 추천해달라고 하면 나는 고민하지 않고 바로 '파브리카 데 아르테 쿠바노'를 꼽을 것이다. 하나의 공간에서 예술 전시회를 구경할 수 있을 뿐만 아니라 연극, 공연, 클럽까지 즐기기는 쉽지 않다.

예술품 사이에서 공연 클럽을 한 것도 잊을 수 없고, 1인극을 본 것도, 공장에서 공장 배경의 찰리 채플린 무성영화를 본 것도, 쿠바 래퍼의 공연을 즐긴 것도, 모두 잊을 수 없었다. 정말 이곳은 말 그대로 쿠바의 예술 문화 공장이었다.

비틀스 노래가 나오는 딱정벌레 모양의 폐차 조형물도, 쿠바의 유치하면서도 이해하기 쉬운 작품도 귀여웠다. 어려운 경제 상황 속에서 변화를 꾀하고 도전하는 쿠바 예술인들이 고맙기도 했다. 이제 누구든 쿠바의 예술 문화를 무시한다면 "감히 파브리카 데 아르테 쿠바노는 알기나 하냐"고 말해줄 것이다.

16

쿠바에서의 아침을
책임진 카페 '투 티엠포'

　아바나에 지내면서 보통 아침 9시쯤에 일어났다. 늦잠을 자고 싶어도 자지 못했다. 10시까지 조식 뷔페 서비스를 제공하는 카페 투 티엠포에 가야 했기 때문이다.

　쿠바에서 쑤와 나의 아침은 이렇다. 아침 9시쯤 핸드폰에서 알람이 울린다. 스프링이 낡아 푹 꺼진 매트리스에서 힘겹게 허리를 당겨 일어난다. 뻣뻣해진 허리를 두 손으로 감싸고 스트레칭을 한다.

　정신을 차리면 어두운 실내가 날 반긴다. 해가 뜨고 난 뒤 얼마나 시간이 지났는지 가늠이 잘 안 된다. 건물은 햇빛이 잘 들지 않는 구조라 코로 들어오는 공기가 약간 눅눅하다.

　그래도 그나마 건물 안쪽으로 달린 창문을 살짝 열고 옷을 입는다. 대충 옷을 걸치고 모자를 쓴 뒤 눈에 붙은 눈곱을 떼며,

대기 중인 자전거 택시(위쪽), 도로에서 잠시 멈춰 선 자전거 택시

간신히 일어나 준비를 하는 쑤와 함께 아침을 먹으러, 길을 나선다.

조리 슬리퍼를 신고 터벅터벅 걸으며 아바나의 아침 냄새를 맡는다. 숙소와 식당이 매우 가까워 금방 카페 투 티엠포에 도착한다. 이곳 베다도 동네의 아침 공기는 조금 고약하다. 길거리에는 채 치우지 못한 쓰레기통에 쓰레기가 한가득하다.

2미터가 훌쩍 넘는 사람 키만 한 높이의 거대한 쓰레기통에 잡다한 쓰레기들이 다 모여 있다. 누가 이렇게 버렸는지 모르겠다. 건물 폐기물부터 음식물 쓰레기까지 다양하다.

처음에는 낯설었던 풍경이 1주일만 지나도 그러려니 싶다. 피해 다니다가도 이제는 귀찮아서 그냥 지나간다.

쑤와 나는 일주일에 두세 번은 꼭 카페 투 티엠포에서 아침을 먹었다. 숙소에서 걸으면 3분도 안 걸리는 곳에 있을 뿐만 아니라 단 3쿡(미화 3달러다)에 뷔페 서비스를 즐길 수 있다는 큰 장점 때문이다.

아바나 한달살이 초반에는 이곳저곳 식당과 카페를 방문하며 아침 식사를 맛보았지만 2주일이 지나면서 거의 카페 투 티엠포에서 아침을 해결했다. 여기만 한 곳이 없다.

카페 투 티엠포는 숙소 옆 골목 사거리에 있는 작은 카페다.

1층은 식사 공간이고, 주방은 2층에 있는 듯했다. 직접 본 적은 없다. 다만 직원들이 작은 계단 사이로 음식을 내리고 빈 접시와 컵을 올리는 모습을 보고 짐작했을 뿐이다.

작고 불편한 스탠딩 의자가 작은 동그란 테이블을 둘러싸고 있다. 2~3인의 다섯 팀이 앉을 수 있는데 10명만 있어도 발 디딜 틈이 없다. 간혹 자리가 없어 기다린 직도 있다.

아주 작은 가게이지만 그래도 직원은 항상 두 명 이상이었다. 주황색 앞치마를 두른 쿠바 아가씨들이다. 정말 신기한 것은 우리가 자주 가서 얼굴을 분명 익혔을 텐데도 항상 처음 보는 사람처럼 인사하고 서비스를 제공한다. 무표정이다.

조식 뷔페 메뉴는 쿠바 현지식과 적당한 현대식이 섞여 있다. 음료로는 따뜻한 우유, 커피 그리고 시원한 과일 주스를 제공한다. 난 우유에 시리얼을 자주 타 먹었다. 시리얼은 그다지 맛있는 편은 아니었지만 따뜻한 우유에 녹으면 그런대로 먹을 만했다.

열대 과일도 다양하게 제공한다. 망고, 파인애플, 바나나 등 현지 형편에 맞는 대로 무한정 제공한다. 오믈렛이나 정체를 알 수 없는 죽, 시럽과 꿀 그리고 그냥 설탕 맛이 나는 잼도 제공한다.

그 이름 모를 죽은 살짝 달달한 우유죽 같은데 부드럽고 속을 편안하게 해준다. 동그란 튀김 볼은 쑤가 좋아했다. 난 그다지 좋아하는 맛은 아니었는데 쑤는 갈 때마다 매번 으깨서 기본 빵 사이에 채소와 끼워 햄버거처럼 만들어 먹었다.

카페 투 티엠포에서의 내 아침 식사 패턴은 이러하다. 처음에는 작은 그릇에 시리얼을 한가득 받아 따뜻한 우유를 붓는다. 시리얼을 따뜻한 우유에 충분히 불려둔 뒤 죽처럼 먹는다. 참고로 난 탕수육도 부먹이다. 눅눅한 부드러운 식감을 좋아한다. 그리고 과일 주스 한 컵을 받아 마신 뒤 야채와 빵들을 가져온다. 많이 걷고 움직이는 여행자에게 빵은 유익하다. 움직일 에너지를 제공한다는 핑계로 두둑이 먹는다.

기본 빵은 꿀에 발라 먹고, 가끔 나올 때면 반가운 파운드케이크는 우유와 먹는다. 시리얼을 비운 그릇에 파운드케이크를 넣은 뒤 우유를 다시 붓는다. 그 뒤 숟가락으로 으깨서 우유를 한껏 머금은 파운드케이크를 퍼먹는다.(그야말로 천국이다!) 다이제를 부수어 우유에 타 먹은 사람이라면 공감할 맛이다.

퍽퍽한 파운드케이크는 기다렸다는 듯이 우유를 빨아 당기고, 그걸 입속에 가져가서 씹으면 부드러운 빵의 식감과 함께 우유가 즙처럼 새어 나온다. 파운드케이크의 달콤함과 우유의 고소함이 입속에서 함께 살사를 추는 맛이다.

빵을 비롯한 탄수화물을 실컷 먹었다면 마지막 입가심은 과일이다. 운 좋으면 과일 칵테일이 기다리고 있다. 과일 칵테일

조식 뷔페
카페 투 티엠포에서
즐겼던 아침 식사

을 그릇에 담아 숟가락으로 퍼먹는다.

과일 칵테일이 없는 날에는 각종 열대 과일들을 먹는다. 바나나를 먹고, 망고도 먹고, 수박같이 생긴 과일도 먹는다. 이쯤 되면 배가 터질 것처럼 배부르다.

가게 입구 앞 사거리 골목 한구석에도 거대한 쓰레기통이 서 있다. 아침이면 아직 치우지 않아 쓰레기가 한가득하다. 이른바 비주얼 쇼크지만 이것도 배고픔 앞에서는 무색하다. 탄수화물과 쓰레기통이 겨룬다면 나는 탄수화물의 손을 들어주겠다. 어느새 접시에 코를 박고 빵을 먹느라 쓰레기통은 보이지도 않는다.

카페 투 티엠포의 두둑한 아침 한 끼는 돈이 아쉬운 여행자 커플에게 참 고마운 에너지원이었다. 여기엔 여행의 허세도, 낭만도 없다. 인스타그램의 푸드 사진도 낄 틈이 없다. 오직 탄수화물과 과일 그리고 카페인만 있을 뿐이다.

참, 오후에는 간단한 음식과 음료를 파는 카페테리아다. 여기 바티도 스무디(batido smoothie)가 끝내준다.

카페테리아로 변신한
투 티엠포의 음료 바티도 스무디

17

우르르 쾅쾅~~
레몬 파이 사건

　나는 자칭 타칭 빵돌이다. 참새가 방앗간을 그냥 못 지나가듯 빵집을 그냥 지나가지 못한다. 하지만 미식가는 아니다. 맛있는 빵을 추구하느냐? 노노, 그건 아니다. 빵이란 존재 자체를 일단 좋아한다.

　빵을 좋아하는 사람도 빵의 종류만큼 다양하다. 맛있는 빵만 좋아하는 사람, 특정 종류의 빵만 좋아하는 사람, 어느 베이커리의 어느 빵을 참 좋아하는 특수한 마니아 등등 다양하다.

　나는 맛있는 빵만 좋아하는 것은 아니다. 물론 맛있는 빵도 좋지만 먼저 빵 자체를 좋아한다. 모든 애플 제품을 좋아하는 애플 마니아와 비슷하다. 우리나라 동네 슈퍼마켓에 가면 제빵 공장에서 나온 텁텁한 단팥빵과 식빵의 제품들마저 잠깐 멈춰서서 구경할 정도랄까.(쑤가 옆에서 날 한심하게 쳐다보는 게 느껴진다.)

나의 배 속을 휘저었던 레몬 파이!

멕시코와 쿠바에서도 그 습성을 버리지 못했다. 지나가는 빵마다 구경하고 맛보고 싶었다. 쑤의 제지만 아니었다면 군것질을 입에 매달아 놓고 지냈을 터다. 살도 빠지지 않고 오히려 쪘겠다.

그런데 쿠바에서 맛있는 빵집 찾기가 어렵다. 쿠바의 주식은 잡곡밥 그리고 빵인 듯하지만, 제빵 기술은 최신으로 발달하지 않아 아직 옛날 제빵 스타일을 구사한다.

사람들이 한 아름씩 안고 다니는 빵을 보면 중세를 배경으로 한 외국 드라마에서나 나올 만한 빵 덩이들이다. 게다가 버터나 각종 식자재가 풍부하지 않은 탓인지 부드럽고 촉촉하고 쫀득한 빵을 찾기 어렵다. 죄다 퍽퍽하고 바싹 마른 채로 가판대에 올려져 있는 바게트나 덩어리 빵밖에 없다.

시럽이나 소스를 바른 빵도 진한 향이 나지 않는다. 거의 설탕의 단순한 단맛만 난다.(쿠바가 사탕수수 생산국이다 보니 설탕은 풍부하다.) 딸기잼이나 시럽을 바른 빵도 딸기색 설탕을 바른 맛, 초콜릿 빵도 초콜릿 색의 설탕을 넣은 빵 같다. 진짜 초콜릿 맛이 진하게 나거나 딸기향이 가득한 빵 같은 건 찾기 어렵다.

사막에서 오아시스 같은 곳을 하나 발견했으니 바로 '엘 비키(El Biky)'다. 집과 가까운 곳에 있어서 더욱더 좋았다. 바로 옆 같은 이름의 식당을 찾아가던 중 알게 되었다. 이름이 같고 건물도 같이 쓰는 걸 보아하니 사장이 같은 듯하다. 베이커리와 외식 산업을 같이 하는 듯했다.

엘 비키 베이커리는 큰 식당 옆 한구석을 차지한 아주 조그
맣고 귀여운 곳인데 쿠바 현지의 다른 베이커리에 비해 아주
세련되고 깔끔한 편이었다.

전 세계 모든 맛집의 공통점은 기다리는 줄이 길다는 것이
다. 처음 발견했을 당시에도 엘 비키 식당을 먼저 둘러보다가
옆 베이커리 앞에 사람들이 길게 줄 서 있는 것을 보고 알았다.

'오, 여기는 뭐지? 현지 사람들이 이렇게 길게 줄을 서다니!?
뭔가 대단한 곳 같아'라는 빵돌이로서의 직감을 놓치지 않았
다. 이 빵집은 맛집이라고 써 붙여 놓은 셈이었다.

나를 말리는 쑤를 뒤로하고 냅다 뛰어가서 확인해보니 역시
나 사람들이 한 아름씩 타르트와 파이, 각종 빵과 케이크를 사
들고 나오는 것이었다. 그 후로 빵집 방문을 호시탐탐 노렸지
만 쑤의 군것질 제재와 사람들의 긴 줄 때문에 포기하곤 했다.

드디어 애매한 평일 오전 시간에 사람들의 줄이 짧을 때 도
전하게 되었다. 경비원의 철저한 통제 속에 한정된 인원만 들
어갈 수 있어서 난 더욱 애가 탔다. 고소한 빵 냄새를 맡으면서
내 차례를 기다리는데 너무 설레었다.

빵집은 단순히 빵을 먹기 위해 가는 곳이 아니다. 빵 굽는 향
긋한 냄새를 맡으며 휘황찬란한 온갖 빵을 구경하는 재미도 크

다. 빵집은 시각과 후각과 미각 모두를 충족하는 공감각적인 장소라고나 할까.

마침내 우리 차례가 되어 가게 내부로 들어섰다. 작은 가판대 안에는 케이크, 파이, 타르트 그리고 크루아상이 있었다. 점원의 계산대 뒤편으로 기본 빵인 식빵, 통밀빵(캄파뉴 종류), 바게트 등이 있었다.

우리는 둘러보며 메뉴를 고르기 시작했다. 낯선 식당에서 괜찮은 메뉴를 고르는 직감은 쑤가 좋은 편이다. 눈으로 딱 보고도 맛있을지 없을지 판단하는 데엔 대체로 열 번에 아홉 번은 쑤가 옳았다.

초콜릿 에클레어, 크루아상 그리고 레몬 파이 한 조각을 구매했다. 더 사고 싶었지만, 아직 이 집에 대해 확신할 수 없었기에 신중하게 하나하나 골랐다. 숙소로 돌아와 점심을 먹은 뒤 디저트로 초콜릿 에클레어와 크루아상을 먹었다. 온전한 빵이었다!(온전한 빵이라니, 내가 생각하는 그 빵이라는 상식을 가진 녀석을 쿠바에서 처음 만났다.)

지금까지 쿠바에서 맛본 퍽퍽하고 질긴 빵, 다 눅눅해진 크루아상에 대한 분노를 잊게 해주는 맛이었다. 지금부터 아바나에서 빵은 여기 엘 비키뿐이다.

저녁을 먹고 난 다음에는 레몬 파이를 먹었는데, 이날 산 디저트 중 레몬 파이가 가장 맛있었다. 겉은 풍부한 레몬 맛 시럽으로 코팅되어 있었고, 속은 크림치즈와 빵으로 이루어져 부드러운 식감을 자랑했다. 파이의 타르트 부분 겉면은 과자처럼 바삭했는데 쑤와 나 모두 좋아하는 부위였다.

레몬 파이가 가장 마음에 들어 다음 방문 때는 조각 단위가 아니라 아예 한 판을 구매했다. 난 초등학교 운동회에서 달리기 1등 도장을 받은 아이처럼 득의양양하게 레몬 파이 한 판을 들고 집으로 갔고, 쑤는 가는 길 내내 하루에 2조각 넘게 먹지 말라고 계속해서 당부했다.

이때부터 아침에 커피와 함께 또는 저녁을 먹고 나서 디저트로 레몬 파이를 먹기 시작했다. 갑자기 쿠바에서 하루가 너무 행복했다.

아침에 일어나 투 티엠포의 아침 뷔페를 먹지 않는 날이면 커피와 레몬 파이를 즐겼다. 갓 내려 마시는 고소한 커피 원두 향과 씁쓸한 커피 맛 그리고 상큼하고 부드러운 레몬 파이와 함께라면 그 어느 누구도 부럽지 않을 사치를 아바나에서 즐겼다.

하지만 안타깝게도 나중에 알아차리긴 했지만, 이 레몬 파이를 먹은 뒤면 항상 배 속에서 심상치 않은 징조가 일어났다. 처음에는 몰랐다. 쿠바에서 뭘 잘못 먹었는지 모른 채 계속 배에서 가스가 찼다. 그리고 굉장한 소리가 났다. 아랫배에서 자꾸

만 우르르 쾅쾅 소리를 내고 불편해지는 것이다.

쑤와 나는 몇 번이고 화장실에 갔지만, 큰일은 벌어지지 않았다.(여기서 큰일을 저렴하게 표현하자면 응가다.) 배에서 우르르 쾅쾅거리고 불편하니 분명 그 신호인 줄 알고 화장실에 가서 앉는데 한참이 지나도 아무 소식이 없는 것이다. 번개는 치지 않는 천둥이랄까.

레몬 파이를 먹기 시작한 날부터 신호가 없는데도 자주 아랫배에 우르르 쾅쾅 소리가 나고 살살 아팠다. 마치 응가가 마려운 듯한데 화장실에 가서 앉으면 함흥차사였다. 미칠 노릇이었다. 이때까지만 해도 원인을 몰랐다.

때는 내가 레몬 파이를 먹고, 레몬 파이를 의심했던 쑤는 먹지 않은 날이었다. 그날 하루는 모든 걸 나눠 먹었지만 레몬 파이는 나만 먹었다. 쑤는 좀 물리는 데다 안 먹고 싶다고 했다.(역시 여자의 직감이란!)

그날은 나만 또 아랫배에서 우르르 쾅쾅하면서 배가 살살 아파 오는 것이었다. 나는 쾅쾅 천둥소리를 내는 배를 움켜쥐며 "레몬 파이다, 레몬 파이가 원인이다!"며 유레카를 외친 철학자처럼 쑤에게 원인을 알게 되었다고 소리쳤다.

고마웠던 레몬 파이는 애증의 레몬 파이가 되었다. 한 판을 한꺼번에 구매했기에 12조각 중 아직 3조각이 남은 상태였다.

아, 천둥과 햇살이 오가는 레몬 파이!

어떻게 했을까? 배에 천둥을 부르는 이 토르 같은 놈을 우리는 버렸을까?

아니다. 나는 우르르 쾅쾅 따위는 상관없었다. 쿠바에서 맛있는 빵을 먹기란 한여름 해운대에서 빈 숙박시설 찾기와 같기에 난 먹을 수 있을 때 먹자는 심보였고 결국 한 판 다 먹었다. 당장 지금은 너무 맛있으니까, 40분 후의 고통 따위는 잊을 수 있었다.

날 미련하게 바라보는 쑤의 눈빛을 꿋꿋이 받아내고 나는 레몬 파이를 열심히 베어 먹었다. 눈물 날 만큼 맛있었다. 엘 비키의 레몬 파이는 나에게 하늘 같은 맛을 선사했다. 천둥과 햇살이 오가는.

레몬 파이를 맛본 심정이
이런 느낌일까?

18
쿠바 이발사의
거침없는 손놀림

　사람마다 다르겠지만 난 보통 3~4주에 한 번씩 머리를 깎는다. 짧게 정돈된 머리를 선호하고 이발소에서 깎는 걸 좋아한다. 그냥 동네 이발소가 아니라 요즘 흔히 말하는 바버샵이다.

　유럽 교환학생 시절 처음 가본 뒤 머리를 깎을 때면 거의 바버샵만 고수하고 있다. 클래식하고 깔끔한 헤어스타일이 나에게 잘 어울리고 또 시원하게 잘라주는 맛도 있어서 좋다. 특히 마지막에 면도해줄 때 날이 바짝 선 면도칼이 내 목덜미와 턱을 긁을 때의 그 시원함을 가장 좋아한다.

　스물다섯 살 교환학생 시절부터 이발소에 입덕한 뒤 다른 지역에서 지낼 때도 이발소에 도전해보길 즐겼다. 이탈리아 여행 중 시골의 어느 바버 할아버지에게 맡겨 보기도 했고, 미국 텍사스 오스틴에서는 문신투성이의 힙스터 아가씨에게도 맡겨

보기도 했다. 홍콩 여행을 할 때도 우연히 터키인 바버에게 머리를 맡겼다.

한국에서는 도전해보지 않을 듯한 곳도 외국에서는 쉽게 용기가 난다. 난 이방인이고 여기서는 누구도 평가하지 않으리란 자유로운 생각 때문이다. 심지어 미국에서는 인도인 미용실에 가서 머리를 볶는 인도인 이줌마들 사이에서 머리를 자른 적이 있다. 가격도 싸고 예상보다 솜씨도 좋아 굉장히 마음에 들었던 기억이 있다.

멕시코-쿠바 여행에서 첫 이발은 쑤가 해줬다. 멕시코 와하카에서였다. 여행을 시작한 지 딱 한 달이 때였다. 당시 머물던 숙소 옥상에 올라가 거울을 들고 의자에 앉았다. 쑤가 챙겨 온 머리숱 치는 미용가위로 이리저리 잘라보지만, 듬성듬성 일정하지 못한 데다 무엇보다 너무 아팠다. 숱이 많은 편이라 가위가 잘 들지 않아 자르는 게 아니라 끊는 것 같았고 그마저도 잘 끊어내지 못하면 쥐어뜯는 것 같았다.

난 항복을 선언하고 까치집 머리를 한 채 근처 바버샵으로 뛰어가서 전문 바버에게 맡겼다. 마음에 들었다. 젊은 남성 고객들도 많았고 아주 크게 음악을 튼 시원시원한 분위기의 이발소였다. 멕시코인 바버는 능숙하게 내 머리를 손질했다.

아무리 멋지게 잘라도 머리카락은 계속 자라나고, 3주만 지나도 덥수룩하게 되어 보기 싫어진다. 덕분에 나의 인터내셔널 이발 도전기는 쿠바 여행에서도 이어졌다. 쿠바에서 이발소를 가는 경험은 쉽게 할 수 없고, 한 번밖에 하지 못하기 때문에 신중하게 이발소를 골랐다.

올드 아바나를 돌아다닐 때나 숙소 근처를 돌아다닐 때 틈틈이 이발소를 봐두었다. 숙소 바로 옆에 작은 이발소가 눈에 들어왔다. 머리를 노랗게 염색하고 배가 살짝 나온 30대 후반이 넘어 보이는 아저씨가 홀로 운영했는데, 거의 평일 오후에만 영업했다.

이곳 말고도 올드 아바나에도 이발소가 몇 군데 더 있었는데 좁고 낡은 곳이 대다수였다. 흘깃 가게 내부와 가격표를 살펴보자 손짓을 마구 하면서 들어오라고 한다. 나를 반기는 이유는 내가 잘생겨서 훌륭한 헤어 모델이 되어주기 때문은 결코 아니다.

이발 가격이 거의 모든 곳이 동일한데 외국인 이발 비용은 5쿡이다. 내국인은 1쿡으로 되어 있으니 가격이 다섯 배가 차이 난다. 외국인이라는 이유로 이렇게 대놓고 바가지 씌우는 나라도 흔하지 않다. 외국인 고객이 오면 내국인 머리 네 번 자를 수고를 덜 수 있다.

더 이상 참을 수 없을 정도로 머리카락이 길어지고 덥수룩해졌을 무렵 결국 처음에 눈여겨본 동네 이발소에서 자르기로 했다. 오가며 눈인사도 몇 번 나누고 손님도 꽤 자주 드나들어 믿음이 갔다.

남자 고객들이 대다수였고, 이발사는 시원시원하게 자르는 것 같았다. 바리캉도 잘 들어 보였고.(중요하다. 이발기 성능이 안 좋으면 머리카락이 씹히기 일쑤고 정말 아프다.)

무엇보다 입구가 없고 셔터를 올려서 운영하는 가게이다 보니 거리가 다 보이는 것이 마음에 들었다. 많은 쿠바 가게들이 이렇다. 따로 문이 없고 창고 셔터처럼 위아래로 여닫는 형태다. 그래서인지 노천 바버샵 느낌이 들었다.

한가한 어느 오후 날, 쑤에게 이발소에 다녀오겠다 말하고 5쿡을 건네받았다. 내 주머니에 5쿡도 있겠다, 내 머리도 충분히 길었겠다, 드디어 쿠바에서 이발을 도전할 그날이 온 것이다.

신나게 달려가니 이미 손님 한 명이 자르고 있다. 나보고 기다리라고 한다. 길거리에 놓인 소파에 앉았다.(가게 내부에는 의자가 아예 없다.)

나는 차례를 기다리면서 아이폰에 저장된 내 예전 사진을 뒤졌다. 말이 안 통하니까 사진으로 내가 원하는 머리 길이와 스타일을 보여줄 셈이었다. 예전에 찍은 사진 중 헤어스타일이 가장 보기 좋게 나온 사진을 고르고 아이폰을 손에 꼭 쥐었다.

기다리는 동안 먼저 온 손님의 머리를 깎는 이발사의 손놀림을 보니 좀 거칠어 보였지만 무척 빨랐다. 바리캉 기계로 숭숭 뒤통수와 옆통수를 올려 치는 데 거침없었다. 살짝 불안하지만, 이 또한 쿠바 이발사의 터프한 맛이라고 위안 삼았다.

내 차례가 되니 손짓으로 날 부른다. 이발소 의자에 앉았다. 머리카락 방지용 흰 천을 나에게 두르기 전에 잽싸게 아이폰 속 사진을 보여줬다. "씨(Si)" 하면서 고개를 살짝 끄덕인다. 이해했다는 것이다. 나는 이제 모든 것을 내려놓고 의자에 몸을 푹 기대었다.

난 까탈스러운 고객이 아니다. 일단 원하는 스타일에 대해 요청을 하고 나면 전적으로 이발사를 믿는다. 실패하든 성공하든 그건 30분 후의 일이다. 현재는 내 머리를 전문가에게 맡기고 힐링할 시간이다. 마땅한 도리가 없다.

바리캉으로 깎을 길이를 조절하고는 내 머리에 갖다 대었다. 이발이 시작되었다. 그런데 손길이 아주 억셌다. 이발소 의자를 축으로 나를 숭숭 시계 방향으로 돌리면서 옆머리를 올려 깎았다. 조금은 날 부드럽게 대해주면 좋겠는데……. 바리캉 기계로 꾹꾹 눌러 깎는 통에 고통스러웠다.

이발사를 전적으로 믿지만 이런 불편함은 싫다. 머리를 꾹꾹 눌러 아프기도 하고 기분도 조금 나쁘다. 당황스러웠다. "저기요, 살살 좀 다뤄주세요!"라고 한마디 하고 싶었다.

상남자 이발사와 빈티지스러운 이발소 내부

머리는 정말 금방 깎았다. 10분 조금 지났을 것이다. 옆과 뒷머리를 시원하게 꾹꾹 두피를 눌러가면서 깎았고, 윗머리는 가위로 쳤다. 다 끝났다고 하여 난 거울로 새로운 내 머리를 이리저리 둘러봤다. 썩 나쁘지 않았다.

이발비는 단돈 5쿡이다. 우리나라 돈으로 치면 6천 원인 셈이다. 요즘 우리나라에서는 아무리 싸도 1만 원은 넘는데 이 정도면 괜찮다. 이발사도 외국인 손님이라 반기는 눈치다. 나로서도 10분 안에 이발을 해결했고, 5쿡이면 괜찮은 거래다.

역시 이발을 하고 난 뒤 집으로 돌아오는 길이 제일 설렌다. 쑤의 반응이 궁금했다. 집에 들어서자마자 침대에 누워 반쯤 졸고 있는 쑤를 흔들어 머리를 보여줬다. 내 머리를 이리저리 둘러보더니 "시원하게 잘 깎았네"라고 말했다. 여자 친구도 괜찮다고 하니 더욱 이발이 마음에 들었다. 머리를 감겨주지 않아 바로 샤워를 하면서 머리와 몸에 붙은 따가운 머리카락들을 씻어냈다.

이발한 지 며칠 뒤에 올드 아바나를 구경하다가 어느 이발소를 발견했는데 반기문 전 유엔 사무총장 사진이 걸려 있었다. 이게 뭔가 싶어서 안을 들여다보니 예전에 반기문 전 유엔 사무총장이 쿠바를 방문했을 때 여기 이발소를 이용한 듯했다. 이발사도 연륜이 꽤 된 점잖은 할아버지였다. 이발계의 마에스트

반기문 전 유엔 사무총장이 들렀다던 센트랄의 이발소

로랄까. 굉장히 신뢰 가는 차림새와 아우라를 풍기고 있었다.

구경하고 있으니 나보고 들어오라고 한다. 난 멋쩍게 웃으며 "루에고!(나중에)"라고 대답했다. 아쉬웠다. 깎은 지 얼마 되지 않아 이발할 수가 없다. 이발도 음식처럼 먹고 싶으면 먹을 수 있는 그런 것이면 얼마나 좋을까? 실컷 이발 맛집을 다닐 수 있을 텐데. 반기문 전 유엔 사무총장의 머리카락을 깎은 이발소가 궁금하다. 혹시 아바나 여행을 앞둔 분이 있다면 여기 이발소에서 머리를 깎아보고 어땠는지 말해주면 좋겠다. 다음번에 아바나를 가게 된다면 꼭 이곳에서 깎아보리라!

19

황량했던 헤밍웨이
마을 코히마르

　"당신은 사람들에게 쿠바에 사는 이유에 대해 이렇게 말할 수 있습니다……. 당신이 글을 써보았던 세상 다른 어떤 곳만큼이나 그곳의 서늘한 이른 아침이 글쓰기에 좋기 때문이라고 말이죠."

　조카 힐러리 헤밍웨이가 쓴 『쿠바의 헤밍웨이』에서, 헤밍웨이는 아바나의 서늘한 이른 아침에 글쓰기가 좋았다고 했다.

　헤밍웨이는 꽤 오랫동안 아바나에서 지냈다. 쿠바 혁명 이후 미국인으로서 쿠바에 체류하기가 곤란하여 떠나기 전까지 (1939~1960년) 20년이란 긴 세월을 지냈다. 출판 관련 일이나 업무 처리 차원에서 미국을 자주 방문해야 하는데 적당히 가깝고, 아무래도 미국에서 유명인의 피곤한 생활보다는 조금 더 조용하고 자신을 알아보는 사람이 적은 섬나라가 좋았을 것이다.

헤밍웨이의 마을 코히마르에서 마주친
신체 건장한 어부

그는 쿠바만큼 아늑한 피난처가 없다고 생각했을 수도 있다.

생전에 수없이 유명인으로서의 피로감에 대해 이야기를 많이 했던 만큼 그 누구의 관심도 받지 않는 조용한 생활을 원했을 것이다. 쿠바에 직접 가보니 지금도 정말 쿠바인들은 외국인에게 관심이 눈곱만큼도 없었다. 헤밍웨이는 여기서 평화를 얻고 작품에 집중할 수 있는 여유를 가졌을 것 같다.

그리고 또 쿠바를 좋아한 이유는 바로 바다낚시다. 헤밍웨이는 남는 시간에 조용히 바다에서 홀로 낚시를 즐겼다고 한다. 대표작 「노인과 바다」도 그가 코히마르(Cojimar)라는 어촌 마을에서 지내는 동안 보고 듣고 느낀 것들과 바다낚시를 하면서 건진 것들이 응축되어 탄생한 결정체다.

쿠바에서 친해진 어느 어부가 헤밍웨이에게 자기가 대어를 낚았다가 상어에게 다 잡아먹힌 이야기를 해주었다. 이를 들은 헤밍웨이는 소설로 써도 되냐고 허락을 구했고, 허락을 받은 뒤 「노인과 바다」를 집필했다고 한다.

소설 「노인과 바다」에는 쿠바의 작은 어촌과 늙은 어부 그리고 그를 따르는 소년, 이 이야기를 쓴 소설가 헤밍웨이 모두가 존재하는 듯했다. 나는 소설 「노인과 바다」를 좋아했고, 소설의 배경인 '코히마르'를 꼭 방문하고 싶었다.

코히마르는 올드 아바나에서 모로 요새 방향으로 가면 만날 수 있다. 바다를 건너고 조금 더 들어가면 보이는 해변 마을이다. 구아구아를 타고 가다가 정류장을 착각하고 잘못 내려서 한 번 더 갈아탔다.

코히마르로 가다가 길을 놓친 덕분에 쿠바 현지인 주거지역을 볼 수 있었다. 넷플릭스 다큐멘터리 '쿠바 리브레 스토리'에 소개된 동네와 비슷하게 보였다.

낡은 아파트 단지와 텃밭 그리고 닭장처럼 보이는 공간이 눈에 들어왔다. 식료품이 부족할 때 많은 아바나 사람들이 직접 텃밭을 가꾸고 닭을 키웠다는 말이 있다. 아파트 단지에 닭장처럼 보이는 곳이 정말로 있었다. 많은 현지인이 이곳에 살면서 올드 아바나로 출퇴근하는 듯했다.

버스를 갈아탄 뒤 코히마르 마을 초입의 버스 정류장에 내려서 10분쯤 걸어 드디어 코히마르에 도착했다. 마침 날씨가 너무 좋았다. 태양이 신나서 막춤을 추며 광선을 쏘는 듯한 날이었다.

자그마한 마을인 코히마르에는 단층 주택들만 나란히 한적하게 있었고 그늘을 찾기 어려웠다. 뜨거운 햇살 아래 쑤와 나는 장범준 노래를 틀어 따라 부르며 심심함을 달랬고 최대한 그늘을 찾으며 열심히 걸었다.

코히마르는 조용해도 너무 조용했다. 아마 모두 일하러 간 것 같았다. 맵스미로 검색한 제대로 된 식당이 한 군데뿐이었

인적이 드물어 조용한 코히마르 마을 풍경

다. 외국인 관광객들에게 큰 관심을 받지 못하는 듯했다. 막상
와보니 내세울 것은 강력한 태양과 고요함뿐이었다. 빈집이 가
득하여 적적한 어촌 마을이다.

올드 아바나의 말레콘과 달리 코히마르의 바다는 마을을 닮
아 매우 조용했다. 파도노 지지 않았다. 동동 떠 있는 작은 보

조용한 바다에 둥둥 떠 있는 작은 보트

트가 마치 「노인과 바다」에서 노인이 타고 다니던 배처럼 보였
다. 정말 작은 배라 큰 물고기를 낚으면 금방 뒤집힐 것 같은 위
태로운 크기였다. 만약 「노인과 바다」에서 노인이 타던 배가 저
정도 크기고, 감당할 수 없는 큰 물고기를 잡았다면 정말 목숨
이 위험했을 것이다.

마을 가운데에는 와이파이가 제공되는 공원이 자리 잡고 있었다. 놀랍지도 않고 당연하게라고도 할 것 없이 몇몇 사람들이 커다란 나무 그늘 아래에서 모두들 휴대폰을 쳐다보고 있었다. 아무도 말을 하지 않아 조용했다.

우리는 헤밍웨이 기념관을 찾았다. 와이파이 공원 바로 옆에 있었다. 멀리서 헤밍웨이 흉상이 보여 "설미……" 하면서 가까이 다가갔다. 역시나 기념관이고 뭐고 아무것도 볼 게 없었다. 좋게 보면 오랫동안 잊히고 버려진 그리스의 작은 신전같이 보였다.

그리스 신전의 기둥을 닮은 파란색의 기둥들이 여러 개 있었고 그 중심에 헤밍웨이의 흉상이 있었다. 사실 헤밍웨이인지 아니면 다른 사람인지 외관만 봐서는 제대로 모르겠다. 흉상 아래 이름이 적힌 동판이 있어 알았을 뿐이다. 하늘보다 새파란 기둥들 사이에 그의 얼굴만 덩그러니 있으니 더욱 황량해 보였다. 그 흉상은 바다를 바라보고 있었다.

뭐라도 적혀 있나 싶어 가까이 다가가 봤지만 별 내용도 볼 것도 없었다. 실망을 감추지 못하고 망연자실하게 서 있는데 누군가 다가왔다. 기타를 맨 쿠바인이었다. 대뜸 기타를 치며 노래를 부른다. 낌새를 보니 우리에게 노래와 기타 연주를 제공할 테니 돈을 달라고 할 것 같았다.

버려진 헤밍웨이 신진에서 어설픈 기타 연주라니, 듣고 싶지

바다를 바라보고 있는 헤밍웨이 흉상

않았다. 손을 휘휘 저으며 미안하지만 "노"라
고 분명히 말했다. 거리의 연주자는 조금 따라오면서
기타 연주를 하다가 포기하고 그늘로 들어가 앉았다. 뜨거운
뙤약볕 아래에서 계속 호객 행위를 하기에는 그도 쉽지 않을
것이다.

　우리는 돌아다니려니 그늘을 찾을 수도 없었고, 햇살에 너무
지친 상태였다. 다시 공원으로 돌아와 나무 그늘에 조금 쉬다
가 와이파이를 연결하여 휴대폰을 만졌다. 이 황량한 해변 마

을에 아시아인 커플이 왔는데 아무도 신경 쓰지 않고 쳐다보지도 않는다.(사실 우리 둘 다 키가 상당히 큰 편이라 눈에 띈다.) 헤밍웨이가 평화를 즐기기 위해 고른 마을답다.

갈증이 났던 우리는 구멍가게로 찾아가 마실 것이 있나 살펴보았다. 하이네켄 병맥주가 있었다. 초록색에 빨간 별이 박힌 하이네켄 맥주를 마시며 공원에서 쉬었다. 나름 멀리 찾아왔는데 할 것도 볼 것도 아무것도 없었다.

공원에서 하릴없이 노닥거리는 쿠바인들 몇 명과 거리의 연주자 그리고 강렬한 태양만이 있었다. 시원한 맥주를 음미하며 넋 놓고 있는데 작고 낡은 집 하나가 눈에 들어왔다. 거의 버려진 듯한 형상이었는데 마치 소설 「노인과 바다」에 나오는 노인의 집 같았다.

소설 속 집은 너무 낡아 당장 무너져도 이상하지 않을 수준으로 묘사된다.

제대로 된 침대도 없고, 노인은 신문지와 담요로 눈을 잠깐 붙인다. 통조림을 뜯어서 간신히 허기를 채우고, 주변에서 음식을 얻어다가 끼니를 때운다.

이런 생각이 미치자 코히마르의 한적함이 다르게 느껴졌다. 마치 헤밍웨이의 소설 속 배경 한가운데 앉아 맥주를 마시는 기분이었다.

바다에서 홀로 떠 있는 보트는 노인의 배 같고, 저 낡은 집은 노인의 집이고, 해가 질쯤 어부들이 정어리와 청새치를 잡아서 돌아올 것만 같았다. 석양을 뒤로하고 배들이 부두에 돌아오면 다시 시끌벅적하겠지, 이런 상상을 해보며 쉬었다. 우리는 올드 아바나로 돌아가 점심을 먹기로 하고 길을 나섰다.

구아구아 버스 정류장으로 걸어가던 중 거대한 관광버스 한 대가 마을에 들어서서 멈추는 것을 보았다. 그 버스는 꽤 많은 미국인 관광객들을 토해냈는데 아마 헤밍웨이 마을을 둘러보는 일정인 듯했다.

우리는 관광버스를 뒤로하고 뜨거운 햇볕 아래 다시 장범준의 노래를 따라 부르며 버스 정류장으로 갔다.

20

멋쟁이
쿠바 사람들

　쿠바는 자원이 풍족하지 않다. 특히 공산품이 부족하다. 여기서 공산품이란 공장에서 대량 생산하는 물품을 말하며, 현대 사회의 필수품부터 사치품까지 뜻한다. 즉 쿠바에는 모든 종류의 물건들이 대체로 부족한 편이다.

　의류가 그중 하나다. 옷이 비싸고 귀하다고 한다. 전 세계 어디든 볼 수 있는 자라(Zara), H&M은 없고 망고(Mango) 하나만 올드 아바나 센트럴에 있다. 예전에는 자라 매장이 있었다지만, 하나 있는 망고 매장의 대다수 고객은 외국인 관광객들이다.

　우리나라의 경우 길거리를 돌아다니면 옷가게를 많이 볼 수 있다. 아무리 발라내도 계속 나오는 꽁치 가시처럼 골목에 들어설 때마다 옷가게가 하나씩은 보인다. 반면 쿠바는 옷가게보다 관광 기념품 가게가 많이 보이고, 식료품점이 더 많다. 술집

화려한 거리 패션의 젊은 남성들

도 꽤 있지만 옷가게는 잘 보이지 않는다.

쿠바 현지인들은 도대체 옷을 어디서 구매하는지 궁금했다. 아바나 리브레 호텔 옆에 있는 쇼핑 아케이드에서 상점 몇 군데 봤는데 진열된 옷과 신발도 많이 없고, 보유한 가짓수도 부족해 보였다. 확실히 옷가게가 별로 없고, 의류 제품이 귀하다고 느꼈다.

그렇다고 쿠바인들이 옷을 못 입냐 하면 그것도 전혀 아니다.

아바나 공항에 도착한 첫날 마주친 패션은 공항 직원의 꽃무늬 망사 스타킹이었다. "뭐야 변태 아냐? 꽃무늬 망사 스타킹이랑 패션 센스랑 뭔 상관이야"라고 비판할 수도 있겠지만, 그렇다고 해서 내가 옷을 잘 입는다는 뜻은 절대 아니다.

한 달 동안 아바나 거리를 돌아다니면 쿠바인들이 색을 기가 막히게 사용한다는 사실을 알 수 있다. 옷이 풍부하지 않으니 가진 옷의 색감이나 패턴으로 승부를 건다.

카리브해 지역 사람들답게 강렬한 원색을 톤온톤(tone on tone)으로 맞추거나, 신발과 외투를 같은 색으로 깔맞춤 하는 요술을 부린다. 빨간색 구두를 신고 빨간색 정장을 입고 빨간색 모자를 쓴 신사도 봤다. 정말이다. 온통 빨간색이었는데 강렬한 햇살 아래 당당한 걸음걸이는 아직도 잊을 수 없다. 검은색, 회색 등 무채색을 좋아하는 우리나라와 달리 다들 색감이 넘친다. 올드카도 알록달록 크레용 한 통을 한데 모아놓은 듯한 색의 향연을 자랑한다. 아바나에서는 사람도 자동차도 건물도 도시도 색감이 퐁퐁 터진다.

색감이 풍부할 뿐만 아니라 개인적으로 쿠바 사람들은 참 깨끗하다는 생각이 들었다. 한 달간 지내며 쿠바 사람들에게서 냄새가 난 적이 거의 없었다. 땀도 많이 나는 날씨인데 정말 맡

◀···· 꽃 배달 자전거
⋮ 근육이 울퉁불퉁한
   건강미 넘치는 과일 상인

기 불편한 체취를 느낀 적이 드물다. 미국과 유럽에서 각 6개월을 지내본 경험자로서 비교해봤을 때 정말 냄새가 나지 않는 편이다.

사실 낡은 건물이 많고 쿠바인들의 옷가지들도 많이 낡아 보인다. 색도 바랬고, 신발에 구멍도 보인다. 한국과 비교하면 이미 버릴 옷들과 부술 건물들투성이다.

대신 옷과 신발에는 구멍만 있지 얼룩은 없다. 이 점이 정말 중요하다. 쿠바인들의 물건은 낡은 건 있어도 더러운 건 적었다. 사람들의 옷과 신발이 낡고 구멍 뚫려 있어도 항상 깨끗하게 세탁된 상태이고, 오래된 것들도 의외로 잘 쓰이고 있었다. 정말이다.

찢어지거나 해져서 구멍이 생긴 옷은 용납해도 때가 묻은 옷은 허용하지 않는 것인가. 아니라고 반박하는 사람들도 있겠지만 내가 한 달을 지내면서 청결 면에서 불쾌한 적이 극히 드물었다고 자신 있게 말할 수 있다.

이쯤 되면 쿠바인들의 세탁 비법을 알고 싶다. 부족한 형편에 좋은 섬유 유연제나 세제 또는 세탁기를 사용할 사람들 같지는 않다.

올드 아바나의 아파트나 공동 주택을 지나다니면 빨래한 옷가지들을 널어놓은 것을 쉽게 볼 수 있다. 건조기는 꿈도 못 꾸

집집마다 빨랫줄에 널려 볕을 쐬는 옷가지들

고, 실내에 빨래 건조대에 걸어두면 잘 마르지 않으니 밖에 걸어두는 것일 테다.

기다란 끈에 주렁주렁 매달려서 바람을 쐬고 있는 옷가지들을 보면 시원한 느낌이 든다. 세탁비누를 옷에 쓱쓱 바르고 손으로 찰지게 두드리고 난 뒤 거품을 내어 세탁한다. 옷을 조물조물하다가 물에 헹궈 거품을 빼고 나서 꽈배기처럼 꼬아 물기를 짜낸다. 그리고 빨래한 옷가지를 한 번 탁 털고 난 뒤 집게로 집어 빨랫줄에 하나씩 넌다.

카리브해의 시원한 바람과 강렬한 햇살이 자연 건조기이자 소독제이자 방향제가 될 것이다. 옷가지들이 바싹 마르면서 자외선으로 강력한 소독을 마친다.

쿠바 사람들은 그 햇살의 기운이 가득 담겨 있는 깨끗하고 따뜻한 옷을 입으며 하루를 시작하지 않겠냐는 생각이 들어 조금 부러웠다. 서울의 6평 남짓한 작은 자취방에서 빨래한 옷가지들을 널고 있는 요즘 그런 쿠바의 날씨가 그리워진다.

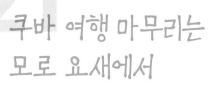

21

쿠바 여행 마무리는
모로 요새에서

　아바나의 전경을 감상할 수 있는 여러 스폿 중 하나로, 모로 요새가 있다. 모로 요새는 아바나 해협 건너의 언덕에 있어 올드 아바나를 내려다보기에 아주 적절한 곳이다.

　그날의 해가 지려고 지평선에 기웃할 때쯤부터 해가 완전히 사라져 어둡고 파래질 때까지 감상하길 추천한다. 아바나 여행의 마무리로 제격이다.

　모로 요새와 올드 아바나 사이에 작은 해협이 있다. 올드 아바나 쪽 말레콘에서 건너편을 바라보면 언덕 위에 작은 요새가 보인다. 바로 모로 요새다. 스페인군이 아바나를 점령하고 난 뒤 지었다고 한다.

　북중미와 남미의 중간에 위치한 섬나라 쿠바는 노예무역과 사탕수수 무역 등 해상 무역의 중심지였다.

모로 요새 가는 길에서
마주한 군인들

모로 요새 향하는 길에 멈춰 선 올드카 택시들

 한눈에 아바나가 내려다보이고, 건너편 바다까지 멀리 보이
니 모로 요새는 천혜의 자리에 지어졌다.

 나는 요새까지 가기 귀찮아하는 쑤를 설득하고 또 설득한 끝
에 하루 날 잡아서 아바나를 떠나기 전 마지막 주에 가게 되었
다.(귀찮아하는 쑤가 이해되었다. 개인 여행자에게 아바나 대중교통은 여간
번거로운 일이 아닌데, 해협을 건너야 하니 더욱더 귀찮게 느껴졌을 것이다.)
 하지만 그런 쑤 덕분에 여행 초반이 아닌 말미에 갈 수 있었
고 감회가 더 깊은 방문이 되었다.

한 달간 내가 먹고 자고 돌아다니며 지내던 도시와 떨어져 해협 건너 멀리서 바라보니 지난 3주간의 시간이 아바나 해협의 파도와 함께 내 머릿속을 때렸다.

안에서 지낼 때는 몰랐던 것들이 밖에 나가보면 훤히 보이듯, 아바나에서 지내며 볼 수 없던 정경이 모로 요새에서는 한눈에 보였다. 우리 둘은 바위에 걸터앉아 빨갛게 젖어가는 아바나를 바라보았다.

처음으로 파도가 말레콘에 부딪치는 모습을 방파제 밖에서 보았다. 그전에는 말레콘을 걸으며 방파제 너머 가끔 튀는 파

모로 요새 가는 길에 만난 코코 택시(왼쪽)

도 물살을 피하며 체감하곤 했는데, 눈으로 내려다보니 여간 거친 파도가 아니었다. 꽤 엄청난 기세로 말레콘을 두들긴다. 코너에 몰린 복서를 사정없이 때리는 데도 오랜 세월 묵묵히 버텨온 말레콘이 대단해 보였다.

말레콘은 오래된 방파제라 바닥이 거칠고 날카롭다. 파도가 이 단단한 방파제를 끊임없이 때려대니 조금씩 깎여 나갔고, 콘크리트 속에 섞인 자갈들이 겉으로 드러나 날카롭다. 겉면은 보수를 안 한 지 오래된 것 같고, 걷다 보면 가끔 바닥에 드러난 날카로운 자갈이 신발 밑창에 걸리곤 한다.

새삼 말레콘을 멀리서 바라보니 뻔하게 느껴졌던 말레콘이 다르게 느껴진다. 아바나와 다사다난한 쿠바의 역사를 나타내는 것만 같다.

500년 역사를 지닌 아바나는 오랜 세월 동안 스페인과 미국의 침략과 영향 아래 있었고 아바나 사람들은 끊임없이 외세에 괴롭힘을 당했다.

고통의 역사 끝에 그들은 조금씩 날카로워졌고 피델 카스트로의 혁명 이후 완전한 독립을 이루었다. 이때 쿠바는 미국과 외부 세계와 단절된 채 말레콘에 둘러싸인 뒤 스스로 지키며 지내왔다.

말레콘과 아비나는 닮았다.

해 질 녘에 보면 아바나의 색깔 변화를 한눈에 볼 수 있다. 해가 쨍쨍할 때는 건물의 다채로운 벽 색깔과, 투명한 햇살에 반짝이는 말레콘의 투박한 민낯이 눈에 띈다. 점차 해가 지기 시작하면 도시는 노래지다가 서서히 붉게 물든다. 이때는 건물의 민트색이나 파란색이나 초록색 모두 붉게 물들어버린다.

태양이 지평선에 가까워질수록 파도도 붉어진다. 붉게 물든 파도가 물감이 되어 말레콘을 적시고, 아바나를 적신다. 아바나 도시 전체가 전부 빨갛게 물들 즈음이면 태양이 지평선에 아슬아슬하게 걸쳐져 있을 때다.

태양이 지평선에 발을 디딜 때면 붉은 아바나는 마지막으로 강렬하게 빛나고 점차 어두워진다. 태양이 지평선 속으로 숨으면 아바나는 급속도로 파래진다. 바람도 서늘해지기 시작하고 하늘은 어두워지기 시작한다.

어둡고 파래진 하늘이 검게 변하기 전에 우리는 얼른 자리를 털고 일어나 구아구아 버스를 타러 갔다. 모로 요새 근처 정류장을 다니는 구아구아 버스는 모로 요새와 올드 아바나 사이에 놓인 해협 밑의 해저터널 도로로 다닌다.

창문이 닫히지 않는 구아구아 버스를 탈 때만 해도 하늘은 아직 빛나고 파랬는데 해저터널을 지나고 올드 아바나에 도착하니 주변이 순식간에 까매졌다.

해 질 녘 모로 요새에서 내려다본
아바나 전경과 말레콘 방파제(왼쪽)

마치 시공간의 터널을 타고 한순간에 앞당겨진 시간으로 불시착한 것만 같았다. 아침부터 밝아지기 시작하여 점차 붉어지는 낮의 빛깔은 속도가 더디게 퍼지지만, 해가 지고 난 뒤 사방이 어두워지는 건 한순간이었다.

아바나에서 한 달이란 시간도 그랬다. 처음에는 더디게 지나갔다. 하루하루가 길고, 힘들고 정신도 없었다. 그러다 2주일이 지나고 3주일이 지나자 순식간에 여행의 말미에 다다랐다. 여행의 끝에서 지나간 시간을 돌아보니 순식간이었다. 모든 순간이 꿈만 같았다.

올드 아바나에서 리얼 올드카를 타고, 말레콘에서 조깅을 하고, 쿠바 국립미술관에 가고, 맛있는 현지 요리를 실컷 먹고, 파브리카 델 쿠바노에서 놀고, 트리니다드에서 승마하고, 해변에서 스노클링을 즐기고, 플라야 델 히론에서 여유를 만끽한 모든 순간이 머릿속에 스쳐 지나갔다.

밝게 빛나던 아바나가 해가 지면 급격하게 어두워지듯 이제 아바나의 빛과 색을 뒤로하고 돌아갈 시간이 어느새 다가왔다.

어두운 밤 도로를 달리는 구아구아 속에서 나는 쑤의 손을 꼭 잡았다. 그리고 여행의 시작과 끝을 느끼고, 시간의 속도를 체감할 수 있었던 이 순간이 감사했다.

쑤와 함께 아바나 공항에 도착하고 난 뒤 시작된 모든 일이

고마웠고, 여행의 말미에 아바나의 모든 색을 함께 구경한 것도 소중했다.

여행의 첫 시작부터 오늘 하루가 저물고, 3일 뒤 쿠바 여행이 끝날 때까지 쑤의 손은 내 손을 여전히 꼭 잡고 있었다. 처음부터 끝까지 우리는 웃고 울고 다투고 지지고 볶더라도 항상 손을 마주 잡고 놓지 않았고, 함께 말레콘의 파도를 겪었고 아바나의 석양을 보았다. 지금 이 글을 쓰는 순간에도 옆에 있는 쑤가 고맙다.